KB002333

"세상과 자신 사이에 놓인 문을 지나갈 때마다,
나는 나의 본질을 잃는다."

by Franz Kafka

# 변신

## Die Verwandlung

by Franz Kafka

# 역자의 말

친애하는 독자 여러분,

 프란츠 카프카의 대표작인 "변신"을 여러분의 언어로 옮길 수 있게 되어 매우 기쁩니다. 이 작품은 1915년에 처음 발표된 이후, 전 세계 수많은 독자들에게 깊은 인상을 남겼고, 문학의 경계를 확장하는 데 기여했습니다. 카프카의 세계는 언제나 독특하고, 때로는 불편한 진실을 담고 있습니다.

 번역 과정은 도전적이었습니다. 카프카의 독특한 문체와 상징적 요소들을 원작의 분위기와 정신을 살려서 옮기려 노력했습니다.  특히, 그레고르 잠자가 변신을 겪은 후 겪는 심리적, 물리적 고통은 번역하면서도 깊이 공감이 가는 부분이었습니다.

 이러한 복잡한 감정들을 어떻게 표현할지 고민하였고, 최대한 섬세하게 다듬으려 노력했습니다.

이 작업을 통해 카프카의 불안하고 모호한 세계를 독자 여러분께 전달하고자 했습니다. "변신"은 단순히 물리적 변화를 넘어, 인간 존재와 개인의 자유, 가족 간의 관계와 같은 보다 깊은 주제들을 탐구합니다. 번역을 하면서 이러한 주제들을 어떻게 잘 전달할 수 있을지 계속해서 생각해 보았습니다.

 이 번역본이 카프카의 의도와 정신을 정확히 반영하고 있기를 바라며, 독자 여러분이 이 작품을 통해 새로운 시각과 감정을 경험하시길 바랍니다. 또한, 이 작품이 여러분에게 사유의 장을 제공하고, 카프카가 던지는 물음에 대해 스스로 답을 찾아가는 계기가 되었으면 합니다.

 번역은 언제나 완벽할 수 없습니다. 저희의 번역이 원작의 모든 미묘함을 완벽하게 전달하지 못했을 수도 있습니다. 하지만 최선을 다해 원작의 정신을 살리고자 노력했습니다. 독자 여러분의 이해와 성원에 감사드리며, 이 번역본이 여러분에게 의미 있는 문학적 만남이 되길 희망합니다.

감사합니다.

- 랭브릿지 번역팀 -

# 목차

우리는 가족이었을까?

# 변신

## PART

I

———————————

'나에게 무슨 일이 일어난 거지?'

이것은 꿈이 아니었다.

———————————

# I

　어느 날 아침, 불안한 꿈에서 깨어난 그레고르 잠자는 자신이 침대에서 흉측한 벌레로 변해 있음을 알게 되었다. 갑옷 같은 등을 바닥에 대고 누워 있었고, 머리를 조금 들어 올리니 약간 볼록하면서 아치처럼 보이는 단단한 구획들로 이루어진 갈색 배를 볼 수 있었다. 이불은 몸을 겨우 덮고 있었고 언제든지 미끄러져 떨어질 것만 같았다. 많은 다리는 나머지 몸에 비해 매우 가늘어

보였고 힘없이 허우적거렸다.

'나에게 무슨 일이 일어난 거지?'

이것은 꿈이 아니었다. 그의 방은 비록 조금 작긴 해도 네 개의 벽으로 둘러싸인 보통 사람의 방이었다. 그레고르는 여행 판매원이었는데 테이블 위에는 직물 샘플들이 펼쳐져 있었고, 벽에는 최근에 일러스트 잡지에서 오려낸 부분을 금빛 액자에 넣어 만든 사진이 걸려 있었다. 사진에는 모피 모자를 쓰고 모피 목도리를 두른 여성이 똑바로 앉아 팔 전체를 덮는 모피 머프를 들어 올리고 있는 모습을 보여주고 있었다.

그레고르는 흐린 날씨에 창밖을 내다보았는데 유리창에 빗방울이 부딪히는 소리가 매우 슬프게 들렸다. '조금 더 자고 이 어이없는 일을 잊어버리면 어떨까?'라고 생각하며 오른쪽으로 누워보려 했지만 지금 상태로는 할 수가 없었다. 아무리 오른쪽으로 몸을 뒤틀려고 해도 다시 원래의 위치로 돌아가 버렸다. 아마 백 번도 넘게 시도했을 것이다. 뒤척이는 다리를 보지 않기 위해 눈을 감았는데 이전에는 느껴보지 못했던 약간의 통증이 느껴져서 움직임을 멈추었다.

'아, 내가 선택한 이 일은 얼마나 힘든지!'

매일 출장으로 지내는 일의 긴장감은 내근직보다 훨씬 크고, 기차 환승 걱정, 불규칙하고 좋지 않은 식사, 자주 바뀌고 지속되지도 않으며 진심은 전혀 없는 사람들과의 관계에 시달리다 보니 이 여행판매일의 괴로움이 배가되는 느낌이었고, 모든 것들을 악마가 가져가 버렸으면 좋겠다고 생각했다. 그는 배 위쪽에 약간의 가려움을 느꼈는데 등을 대고 천천히 침대 기둥 쪽으로 움직이며 머리를 들어 가려운 부위를 살펴보니 그 부위는 작은 하얀 점들로 덮여 있었다. 그 점들이 무엇인지 몰라 다리 하나로 그 부위를 만져보려고 했는데 너무 차갑게 느껴져서 만지려던 다리를 바로 떼었다. 그레고르는 다시 처음의 위치로 돌아갔다.

 '이렇게 일찍 일어나는 건 정말 미칠 것 같아. 사람은 충분한 잠이 필요해.'

 오전 중에 게스트하우스로 돌아가서 계약한 주문을 정리할 때, 다른 여행판매원들은 편안하게 아침 식사를 하고 있었고 우아하게 지내고 있는 것처럼 보였다. 만약 내가 이렇게 하는 걸 상사가 보았다면 나는 즉시 해고되었을 것이다. 그러나 어쩌면 해고가 나에게 훨씬 나았을지도 모르겠다. 만약 내가 부모님을 위해 참지 않았다면, 나는 이미 사표를 냈을 것이고, 마음속 생각을 상사에게 솔직하게 말했을 것이다. 그랬다면 그는 자리에서 펄펄 뛰었을 것이다. 게다가 상사의 안좋은 청력 때문에 직원들은 아주 가까이 다가가야만 했는데 책상에 걸터앉아 높은 곳에서 부하직원에게 말하는 것은 참 이상한 습관이다. 하지만 작은 희망도 있었다. 만약 부모님이 빚진 돈을 5년에서 6년사이에 다 갚을 수 있는 정도로 모을 수만 있다면 나는 반드시 이 일을 할 것이고 그 이후에 큰 결심을 할 것이다. 그렇지만 당분간은 일찍 일어나야 한다. 내 기차는 5시에 떠나니까...

시계의 알람이 울리기 시작했고 진동하며 소리를 내는 자명종을 바라보았다.

'맙소사!'

시간은 6시 30분이었고, 시계의 바늘은 조용하지만 계속 움직이고 있었으며, 거의 6시 45분에 가까워지고 있었다. 어째서 알람이 울리지 않았던 걸까? 침대에서 보니 시간은 오전 4시에 맞춰져 있었다. 시계는 분명히 울렸을 것이다.

'어떻게 그 시끄러운 종소리를 잠자면서 듣지 못했지?'

그는 조용히 잔 것 같지는 않았지만 깊은 잠에 빠졌던 것 같았다.

지금은 어떻게 해야 할까? 다음 기차는 7시에 출발하고, 그것을 타려면 정말 바삐 움직여야 한다. 게다가 샘플 컬렉션도 아직 준비하지 않았고, 무엇보다 그레고리 자신 역시 썩 좋은 상태도 아니었다. 게다가 기차를 잡는다 해도, 상사의 호된 꾸지람을 피할 수 없을 것이다. 왜냐하면 사무실 직원은 이미 5시 기차에서 기다렸을 것이고 자신의 결근 사실을 보고했을 것이기 때문이다. 그는 상사의 충실한 하수인으로 별반 의지가 없는 데다 이해심마저 없었다.

아픈 척하는 것은 어떨까? 하지만 그것은 매우 불편하고 의심스러운 일이 될 것이다. 왜냐하면 그레고르는 5년 동안 한 번도 병가를 낸 적이 없기 때문이다. 분명히 상사는 의사를 데려올 것이고 부모님에게 게으른 아들을 탓하며 의사를 통해 모든 핑계를 차단할 것이다. 그 의사는 게으르긴 하지만 건강한 사람들을 보아왔고 게다가 지금의 경우라면 의사가 완전히 틀린 것도 아닐

것이기 때문이다. 실제로 긴 잠 후에 느껴지는 약간의 졸음만 제외하면, 그레고르는 꽤 건강했고 유달리 강한 식욕마저 느끼고 있었다. 이 모든 것을 최대한 서두르며 고민했지만, 침대에서 바로 일어날 수는 없었다. 바로 그때 알람이 6시 45분을 울렸고 침대 머리맡의 문에서 조심스럽게 노크하는 소리가 들려왔다.

"그레고르!"

어머니의 목소리였다.

"6시 45분이야. 너 출발 안 하니?"

부드러운 목소리! 그러나 그레고르는 대답하려는 자신의 목소리를 듣고 놀랐다. 분명 그 목소리는 자신의 목소리였지만 아래에서부터 올라오는 억제할 수 없는 고통스럽고 이상한 소리가 함께 섞여 처음에는 말이 명확하게 들리다가 울림 속에서 소리가 부서지는 느낌에 과연 사람들이 내 목소리를 제대로 들었는지조차 확신할 수 없기 때문이었다.

그레고르는 지금 상황에서 자세히 대답하고 모든 것을 설명하고 싶었지만 많은 말을 할 수는 없었다.

"네, 네, 고마워요, 어머니, 지금 일어나고 있어요."

그레고르가 작은 목소리로 말했다.

나무문이어서 문 바깥쪽에서는 그레고르의 목소리 변화를 쉽게 알아차리기 힘들었고 어머니는 이 설명에 안심하고 물러갔다. 하지만 이 짧은 대화로 예상치 못하게 다른 가족들은 그레고르가 아직 집에 있다는 사실을 알게 되었다.

아버지가 다른 한쪽 문에서 주먹으로 살짝 노크를 했다

"그레고르, 그레고르! 무슨 일이야?"

그리고 잠시 후 더 깊은 목소리로 다시 경고하

듯 말했다.

"그레고르! 그레고르!"

다른 한쪽 문에서는 동생이 조용히 물었다.

"오빠, 괜찮아? 혹시 뭐 필요한 거 있어?"

그레고르는 양쪽으로 대답했다.

"다 준비됐어."

그레고르는 매우 신경 써서 발음하고 말 사이에 호흡을 두어 그의 목소리에서 생긴 이상함을 감추려고 애썼다.

아버지는 아침 식사 자리로 돌아갔다.

동생은 "오빠, 문 좀 열어봐, 제발" 하며 속삭였다.

하지만 그레고르는 문을 열 생각이 전혀 없었다. 그는 여행 중에 생긴 잠잘 때 모든 문을 잠그는 습관을 스스로 칭찬하며, 집에서도 밤에 모든 문을 잠그는 것이 좋다고 생각했다.

　처음에는 조용하게 일어나서 옷을 입고 아침 식사를 마친 다음 이후에 다른 것들을 고민하려고 했다. 왜냐하면 침대에 누워서는 결코 합리적인 결론에 도달할 수 없으리라는 것을 알고 있었기 때문이었다. 이전에도 침대에서 불편하게 누워서 생긴 가벼운 통증을 느낀 적이 있었는데 일어나면 바로 괜찮아진다는 것을 깨달은 적이 있었다. 그래서 현재 자신에게 일어난 일들이 점차 사라질 것으로 기대하고 있었는데 목소리가 변한것은 여행판매원들의 직업병인 심한 감기의 초기증상 정도로 생각했기 때문이었다.

　덮고 있던 이불을 벗어던지는 일은 매우 쉬워 보였다. 조금 몸을 부풀리기만 하면 이불은 쉽게 떨어질 것 같았다. 하지만 너무 크다 보니 생각보다 어려웠고 몸을 일으키기 위해서는 팔과 손이 필요했지만, 지금 그는 끊임없이 움직이고 통제하기도 힘든 많은 다리만 가지고 있었다. 그가 다리 하나를 굽히려고 했을 때 가장 먼저 필요했던 것은 다리를 곧게 쭉 펴는 것이었다. 그리고 마침내 한 개의 다리로 원하는 동작을 할 수 있게 되었을 때 그 사이에 다른 다리들은 마치 풀려난 것처럼 극도의 고통스러운 상태로 움직였다.

'침대에 불필요하게 누워 있지 말자.' 라고 그레고르는 생각했다.

그가 가장 하고싶었던 일은 침대에서 자신의 하반신을 내리는 것이었는데, 이 하반신을 본 적도 없었고, 그것이 어떻게 생겼는지 상상조차 할 수 없었다. 게다가 너무 느렸고 무겁기까지 해서 움직이는 것조차 힘들었지만 어떻게든 힘을 끌어모아 자기 몸을 앞으로 밀어서 움직였다. 그러나 방향을 잘못 잡는 바람에 침대의 아래쪽 기둥에 세게 부딪혔고, 타는 듯한 고통을 느끼며 자기 하반신이 현재 가장 예민한 부분임을 알게 되었다.

그레고르는 상반신을 먼저 침대 밖으로 내려보려고 시도했고 조심스럽게 머리를 침대 가장자리 쪽으로 돌렸다. 생각보다는 쉽게 성공했고, 몸이 넓고 무거웠음에도 머리의 회전을 따라 몸통도 천천히 따라 움직였다. 하지만 그가 침대 밖의 신선한 공기 속으로 머리를 내밀었을 때, 그는 이 방식으로 계속 나아가는 것이 두려워졌다. 이대로 떨어지면 머리를 다칠 것 같았고, 지금은 절대로 정신을 잃어서는 안 되었기에 차라리 침대에 머무는 것이 낫다고 생각했다.

노력 끝에 다시 침대에 누워 전처럼 한숨을 쉬었고, 자기 다리가 전보다 더 세게 몸부림치는 것을 지켜보았는데 이런 혼란스러운 움직임 속에서 질서를 찾을 방법이 없겠구나 생각했다. 그는 계속 침대에 머무를 수 없다고 스스로에게 말하며, 침대에서 벗어날 수 있다는 희망이 조금이라도 있다면 모든 것을 희생하는 것이 가장 현명한 일이라고 생각했다. 동시에 최악의 결정을 내리기보다 차분하고 냉정하게 생각해 보는 것이 훨씬 나은 것이라고 스스로에게 상기시켰다. 이 순간 그는 또렷하게 창문을 바라보았지만, 아쉽게도 반대편에 있는 좁은 거리는 아침 안개에 가려 보이지 않았다.

'벌써 7시야.'

시계가 다시 울릴 때 중얼거리며 말했다

'7시인데 아직도 이런 안개가 있네.'

그리고 잠깐 동안 가볍게 숨을 쉬며 조용히 누워 있었다. 마치 완전한 정적만이 진짜 원래 상태로 돌아가게 해줄 것 같다는 막연한 기대를 하면서...

그레고르는 스스로에게 말했다.

'7시 45분이 되기 전에는 반드시 나와 있어야 해. 그리고 그때 쯤이면 누군가가 회사에서 나를 찾아와 무슨 일이 일어났는지 물어볼 거야. 회사

는 7시 전에 문을 열거든.'

그는 자신의 몸 전체를 한 번에 침대 밖으로 내보내려고 시도했다. 만약 이 방식으로 침대에서 내려오는데 성공하고 그렇게 하면서도 머리를 들고 있을 수 있다면, 아마도 머리는 다치지 않을 것이었다. 그의 등은 꽤 단단해 보였고, 카펫 위로 떨어진다 해도 아마 아무 일도 일어나지 않을 것이다. 그가 가장 걱정한 것은 큰 소음이었고, 그것은 모든 문 뒤에서 궁금증과 걱정을 유발할 것이었다. 하지만 이는 감수해야 할 위험이었다.

그레고르가 침대에서 반쯤 나와 있을 때 알게 된 새로운 방법은 노력보다는 게임에 가까웠는데 앞뒤로 몸을 흔들기만 하면 됐다. 그 순간 누군가가 나를 도와주러 왔다면 '모든 것이 쉬워졌을 텐데…' 하는 생각이 들었다. 아버지와 하녀 힘센 사람 두 명만 도와주면 충분했을 것이다. 그들은 단지 팔을 그의 등 껍데기 아래에 밀어 넣고 침대에서 떼어낸 뒤 조심스럽게 바닥으로 내려놓기만 하면 되었다. 그러면 작은 다리들도 사용할 수 있을 것이다. 하지만 지금은 모든 문이 잠겨 있었다. 나는 정말 그들에게 도움을 요청해야 할까? 아이러니하게도 이 생각에 그는 웃음을 참을 수 없었다.

그는 이미 어느 정도 흔들면서 균형을 유지하고 있었고, 5분 후면 7시 45분이 될 것이기에 곧 결정을 내려야 했다. 그때 아파트 초인종이 울렸다.

'회사 사람이군.'

혼잣말하며 몸은 거의 움직이지 않았고, 그의 작은 다리들만 활발히 움직였다.

잠시 모든 것이 조용해졌고 그레고르는 터무니없는 희망에 사로잡혀 혼자 중얼거렸다.

'다행히 문을 열어주지 않는군.'

그의 희망과는 달리 하녀는 서둘러 문을 열어 주러 갔고 그레고르는 방문객의 첫 인사말만 듣고도 누구인지 알 수 있었다. 바로 회사의 책임자였다. '왜 나는 이런 작은 지각 하나로도 큰 의심을 받는 회사에서 일해야 했을까? 나를 포함한 직원들은 모두 나쁜 사람들인걸까? 여러 가지 이유로 침대에서 바로 일어날 수 없는 불가피한 상황들이 있을텐데 오전 몇 시간 일하지 못했다는 이유로 양심의 가책을 느끼며 괴로워하는 충성스럽고 헌신적인 직원들이 회사에는 단 한 명도 없는걸까?

만약 그렇다면 아예 이런 문제를 조사하기 위해서 직원 한 명 정도만 보내는 것으로도 충분할텐데 책임자가 꼭 직접 와야만 했을까? 직원조차 의심스러워서 조사하는 것은 오롯이 책임자가 맡아야 한다는 것을 굳이 가족들에게 보여줘야만 했나?' 이런 생각들에 화가 나서 그는 모든 힘을 다해 몸을 흔들다가 침대에서 떨어졌다. 큰 소리가 났다고 생각했지만 실제로 큰 소리는 아니었다. 카펫이 충격을 약간 완화했고, 그레고르의 등도 생각했던 것보다 탄력적이어서 눈에 띌 정도로 둔탁한 소리는 나지 않았다. 다만, 충분히 조심하지 못한 탓에 머리를 부딪혔고, 그는 짜증나고 아픈 고통으로 카펫에 머리를 비벼대며 움직였다.

"옆방에서 뭔가 떨어진 것 같군요."

왼쪽 방에 있던 책임자가 말했다.

그레고르는 오늘 자신에게 일어난 일이 책임자에게도 일어날 수 있을지 상상해 보려고 했다. 하지만 그는 마치 이 질문에 퉁명스러운 대답이라도 하는 듯, 반짝거리는 부츠를 신은 책임자의 둔탁한 발걸음 소리가 옆방에서 들려왔다. 오른쪽 옆방에서, 그레고르의 여동생이 그에게 속삭여 알려주었다.

"오빠, 책임자가 왔어."

'응, 알아.'

그레고르는 혼자 중얼거렸지만, 여동생에게 들릴 만큼 큰 소리로 말하지는 않았다.

"그레고르."

이제 왼쪽 옆방에서 아버지가 말했다.

"책임자가 와서 네가 왜 아침 기차를 놓쳤는지 묻고 있구나. 우리가 뭐라고 말해야 할지 모르겠다. 그리고 그는 너와 개인적으로 이야기하고 싶어 하니까 문을 열어라. 방이 지저분해도 뭐라하지 않을 거야."

"좋은 아침, 잠자 씨."

책임자가 친절하게 말했다.

"그는 몸이 좋지 않아요."

어머니가 책임자에게 말했고, 아버지도 문 너머로 계속 말했다.

"그는 몸이 좋지 않아요, 믿어주세요. 그렇지 않다면 그레고르가 어떻게 기차를 놓칠 수 있겠습니까? 그 아이의 머릿속에는 오직 일 밖에 없어요. 저녁에도 밖에 나가지 않는 것을 보면 나는 정말 화가 나요. 도시에서도 8일을 보냈지만, 매일 저녁 집에만 있었고 우리와 함께 앉아 있어도 조용히 신문을 읽거나 여행 시간표만 분석했어요. 그나마 조각 작업에 몰두하는 것이 그에게는 유일한 즐거움이었어요. 최근에도 3일 만에 작은 액자를 만들었는데, 그것이 얼마나 예쁜지 보면 놀라실 거예요. 액자는 방 안에 걸려 있으니 곧 보실 수 있을 겁니다. 저는 책임자분이 오셔서 다행이라고 생각해요. 우리 혼자서는 그레고르의 문을 열도록 설득할 수 없었을 겁니다. 너무 고집이 세고, 분명히 몸도 좋지 않은 것 같은데, 아침에 괜찮다고 말했거든요."

"곧 갈게요."

그레고르는 천천히 하지만 신중하게 말했고 대

화의 한 마디도 놓치지 않기 위해 움직이지도 않았다.

"말씀하신 것이 맞을 것 같네요."

책임자가 말했다.

"심각한 일은 아니길 바랍니다. 하지만 불행이든 다행이든 우리는 종종 사업상의 이유로 가벼운 아픔들은 극복해야만 합니다."

"책임자분이 들어가도 될까?"

초조한 아버지가 다시 문을 두드리며 물었다.

"아니요." 그레고르가 말했다.

왼쪽 옆방에는 어색한 침묵이 흘렀고, 오른쪽 옆방에서는 동생이 흐느껴 울기 시작했다.

왜 여동생은 다른 사람들에게 가지 않았을까? 아마 그녀는 막 일어난 참이었고 아직 옷도 제대로 입지 않았을 것이다. 그런데 왜 울고 있었을까? 그가 일어나서 책임자를 들여보내지 않아서? 직장을 잃을 위험에 처해 있고, 그래서 사장이 부모님에게 옛 채무를 다시 추궁할 수 있기 때문일까? 하지만 그것은 아직 불필요한 걱정이었다. 그레고르는 여전히 여기에 있었고, 가족을 떠날 생각도 없었다. 그는 현재 카펫 위에 누워 있었는데 만약 그의 상태를 아는 사람이라면 책임자를 들여보내라고 요구하는 것은 무리라는 걸 알았을 것이다. 하지만 이 사소한 무례함에 대해서는 비교적 쉽게 적절한 변명거리를 찾을 수 있었고 그레고르가 즉시 해고될 정도도 아니었다. 그리고 지금은 내버려두는 것이 울면서 얘기하는 것보다 훨씬 현명하다고 생각했을 것이다. 하지만 사람들은 나에게 무슨 일이 일어나고 있는지 몰랐다, 가족들은 걱정하고 있었고 그래서 그들의 행동을 이해할 수 있었다.

"잠자 씨."

책임자가 큰 소리로 말했다.

"무슨 일입니까? 당신은 방에 자신을 스스로 가두고, 단지 '예'와 '아니요'로만 말하며, 부모님이 큰 걱정을 하게 만들고, 당신의 의무인 업무도 소홀히 하고 있습니다. 저는 당신의 부모님과 사장님을 대신하여 말씀드리고 있으며, 지금 즉시 명확한 해명을 요청합니다. 그동안 당신을 침착하고 이성적인 사람으로 알고 있었습니다만 놀랍게도 오늘은 갑자기 이상하군요. 오늘 아침 사장님은 당신의 결근에 대한 가능성을 이야기했는데 이는 최근 당신에게 맡겨진 수금과 관련이 있었습니다. 제가 제 명예를 걸고 사장님께 그 가능성은 틀릴 것이라고 말했습니다만 지금 여기서 당신의 이해할 수 없는 행동들을 보고 나니, 저는 더 이상 당신을 위해 중재하고 싶은 마음이 사라졌습니다. 그리고 당신의 상황이 그리 안정적이지 않다는 것도 말씀드립니다. 저는 본래 이 모든 것을 당신에게 개인적으로 말씀드릴 생각이었습니다만 당신은 여기서 제 시간을 헛되게

하고 있으며, 왜 부모님조차 알아서는 안 되는지 모르겠습니다. 게다가 당신의 최근 성과는 매우 불만족스럽습니다. 비록 여행 판매를 하기에 적절한 시기가 아니라는 것은 인정합니다. 하지만 판매를 전혀 하지 않는 시기는 없습니다. 잠자씨, 우리는 그래서는 안 됩니다."

"하지만 책임자님!"

그레고르가 자신의 상태를 잊고 흥분에 휩싸여 외쳤다.

"바로 지금 문을 열겠습니다. 잠시만요. 조금 몸이 안 좋고 어지럼증도 있어서 바로 일어나지 못했습니다. 아직 침대에 있어요. 하지만 지금은 다시 괜찮아졌고 바로 침대에서 나오는 중입니다. 잠시만 기다려 주세요! 움직이는 것이 생각처럼 쉽지는 않네요. 하지만 지금은 괜찮아요. 오늘 저에게는 정말 충격적인 일이 일어났어요! 어젯밤에는 전혀 문제가 없었습니다. 부모님께서 어쩌면 저보다 더 잘 아실 거예요, 어젯밤에 이미 조금 증상이 있었지만 출근하기에는 전혀 문제가 없었어요. 분명히 알고 계셨고 자고 일어나면 괜찮아질거라 생각해서 회사에 알리지는 않았던 것 같아요. 제발, 제 부모님을 괴롭히지 마세요! 당신의 비난은 근거가 없어요. 이런 문제들에 대해 저에게 한마디도 한 적이 없으니까요. 아마도 제가 보낸 최근 계약서를 읽지 않으셨나 봅니다. 8시 기차를 타고 곧 출발할 거예요. 몇 시간의 휴식이 저에게 회복할 힘을 주었으니 기다리실 필요 없어요. 책임자님, 저는 곧 회사에 도착할 겁니다. 부디 사장님께 잘 말씀해 주시고, 저를 추천해 주세요!"

그레고르는 자신이 무슨 말을 하는지도 모른 채 이 모든 말을 서둘러 내뱉었다. 침대에서 했던 연습 덕분인지 가볍게 움직여 옷장 가까이 다가갔고 거기에 기대어 일어서려고 노력했다. 그는 실제로 문을 열고, 자신을 보여주며, 책임자와 대화하고자 했다. 지금 자신을 그토록 원하는 사람들이 자신의 모습을 보고 무슨 말을 할지 궁금했다. 만약 그들이 놀란다면, 그레고르는 더 이상 책임을 지지 않아도 될 것이고, 마음 편히 있을 수 있을 것이다. 하지만 그들이 모든 것을 평온하게 받아들인다면, 그 역시 걱정할 이유가 없고, 서두르면 정말로 8시에 기차를 탈 수 있을 것이다.

 처음에는 매끄러운 옷장에서 몇 번 미끄러졌지만, 마지막으로 한 번 더 힘껏 밀어 올리자 마침내 바로 서 있을 수 있게 되었다. 하반신에 심각한 통증을 느꼈지만 그는 전혀 신경 쓰지 않았다. 이제 그는 가까운 의자의 등받이에 몸을 기대었고, 그의 다리로 그 가장자리를 꽉 잡고 있었다. 이제 자신을 어느 정도 통제할 수 있게 되었고 주변도 조용해져서 책임자의 말을 들을 수 있게 되었다.

 "그의 모든 말을 이해했나요?"

책임자가 그의 부모에게 물었다.

"그는 우리를 우롱하고 있지는 않습니까?"

"하나님 맙소사."

어머니가 울면서 외쳤다.

"그는 아마 심각하게 아플지도 모릅니다. 우리는 그를 괴롭히고 있어요. 그레테! 그레테!"

그녀가 그때 소리쳤다.

"엄마?"

여동생이 반대편에서 외쳤다.

그들은 그레고르의 방을 가로질러 서로 소통했다.

"당장 의사를 불러야 해. 그레고르가 아픈 것 같아. 빨리 의사를 불러"

"혹시 그레고르가 방금 말한 걸 들었나요?"

"그건 동물의 목소리였어요."

책임자가 어머니의 비명과 달리 침착하게 말했다.

"안나! 안나!"

아버지가 현관을 통해 부엌으로 외치며 손뼉을 쳤다.

"즉시 자물쇠 수리공을 불러와!"

두 여자는 치마가 휘날리도록 복도를 달려 나갔고 아파트 문을 활짝 열었다. 마치 큰일이 생긴 집에서는 사람들이 문을 열어두는 것처럼 이후에도 문이 닫히는 소리는 들리지 않았다.

그레고르는 이제 훨씬 더 차분해졌다. 사람들은 더 이상 그의 말을 알아들을 수 없었지만, 그에게는 아주 명확하게 들렸고, 이전보다 더 분명하게 느껴졌다. 아마도 귀가 익숙해진 것 같았다. 하지만 사람들은 이제 그가 완전히 정상이 아니라고 믿기 시작했고, 그를 돕기 위해 준비하기 시작했다. 의사와 자물쇠 수리공을 부른 것은 확신과 안정감을 가져다주었다.

그는 다시 사람들 사이에 포함되어 있다고 느꼈으며, 정확히는 몰랐지만 의사와 자물쇠 수리공에게서 성과가 있기를 기대했다. 다음에 무슨 말을 하느냐가 중요했으므로 가능한 한 명확한 목소리를 내기 위해 조금 기침을 했고 이 소리가 인간의 기침과 다르게 들릴 수도 있다는 점을 고려하여 가능한한 조용하려고 노력했다. 그는 스스로 더 이상 그 소리를 판단할 수 없다고 느꼈고 그 사이 옆방은 완전히 조용해졌다. 아마도 부모님과 책임자가 탁자에 앉아 수군거리고 있었을 것이고, 모두가 문에 귀를 대고 듣고 있을지도 몰랐다.

그레고르는 천천히 의자를 끌고 문 쪽으로 이동했다. 문에 도착하자 의자를 놓고 문에 몸을 기댄 후, 다리 끝의 접착력을 이용해 자신을 세웠다. 힘들었지만 약간의 회복할 시간을 보낸 후, 입으로 자물쇠 속 열쇠를 돌리려고 시도했다. 하지만 불행히도 제대로 된 이가 없었다.

그렇다면 어떻게 열쇠를 움켜쥘 수 있을까? 그는 이빨이 없는 대신 매우 강한 턱이 있었다. 턱을 사용하니 정말로 열쇠가 돌아가기 시작했고, 입에서 갈색 액체가 흘러나와 열쇠를 적시고 바닥으로 떨어지는 것을 보았다. 하지만 그는 어떤 상처가 생겨도 신경 쓰지 않고 계속했다.

"들어보세요."

옆방에 있던 책임자가 말했다.

"그가 열쇠를 돌리고 있어요."

사람들의 반응에 크게 고무된 그레고르는 계속 열쇠를 돌리기 시작했다.

"잘했어, 그레고르"

"계속해, 자물쇠를 붙잡아!"

그들은 그레고르에게 계속 외치고 있었다.

모두가 그의 노력을 열정적으로 따라가고 있다는 생각에, 그레고르는 모든 힘을 다해 열쇠를 물었고, 자신이 받는 고통따위는 신경 쓰지 않았다. 열쇠가 돌아가면서 자물쇠를 돌렸고, 자물쇠를 열기 위해 입으로 열쇠를 붙잡거나 몸 전체의 무게로 눌러야 했다.

마침내 자물쇠가 튕겨 나가는 뚜렷한 소리가 들렸는데 그제서야 그레고르는 집중을 멈출 수 있었고 숨을 고르며 스스로에게 말했다.

'결국 자물쇠 수리공이 필요하지 않았군.'

그 후 문손잡이에 머리를 기대어 문을 완전히 열었다.

이렇게 문이 열렸지만, 그레고르의 모습은 아직 보이지 않았다. 그는 한쪽 문 뒤로 천천히 돌아가야 했고, 그 과정에서 방으로 들어가자마자 등으로 털썩 넘어지지 않도록 매우 조심해야 했다. 그가 쉽지 않은 동작에 몰두하고 있어 다른 일에 주의를 기울일 수 없었는데 책임자가 마치 바람이 휘몰아치는 것처럼 큰 소리로 탄식하는 소리를 들었다.

"이런...오!"

문 가까이에 있던 책임자가 입을 가리고 있었고 그레고르는 보이지 않는 힘이 밀어내는 것처럼 그가 천천히 물러나는 것을 보았다. 어머니는 책임자가 있음에도 불구하고 헝클어진 머리로 서 있었다. 처음에는 손을 모아 아버지를 보았다가 그레고르에게 두 걸음 다가가 그녀의 주변으로 펼쳐진 치마 속에 완전히 얼굴을 가린 채 가슴에 얼굴을 묻고 쓰러졌다. 아버지는 화난 것 같은 표정으로 주먹을 쥐었고 그레고르를 그의 방으로 밀어 넣으려는 듯했으나, 거실에서 불안한 눈빛으로 주위를 둘러보고는 가슴을 흐느끼며 손으로 눈을 가리고 울기 시작했다.

그레고르는 방으로 들어가지 않고 여전히 잠겨 있는 다른 문에 기대어 섰다. 이런 식으로 몸의 절반만 보일 수 있었고, 머리를 한쪽으로 기울인 채로 다른 쪽을 바라보고 있었다. 그가 둘러보는 동안 날이 점점 밝아왔는데 거리 건너편에 있는 병원처럼 보이는 끝없이 길고 회색빛 검은색 건물의 일부가 꽤 분명하게 보였다.

비는 여전히 내리고 있었는데 크고 뚜렷하게 보이는 빗방울들이 하나씩 땅에 떨어지고 있었다.

아침 식사용 그릇들이 테이블에 넘쳐났는데 아버지에게 아침 식사는 하루 중 가장 중요한 식사였다. 보통 그는 여러 신문을 읽으며 몇 시간 동안 그 시간을 보내곤 했다. 바로 마주 보는 벽에는 군복을 입고 손에 칼을 들고, 무심한 듯 웃으며 자세와 군복에 대한 자긍심을 보여주는 듯한 그레고르의 군 시절 사진이 걸려 있었다. 현관으로 통하는 문은 열려 있었고, 거기서 아파트의 앞마당과 아래로 내려가는 계단의 시작 부분을 볼 수 있었다. 그레고르는 자신만이 유일하게 침착함을 유지하고 있다는 것을 잘 알고 있었다.

"저는 곧 옷을 입고, 샘플 컬렉션을 챙겨서 떠날 겁니다. 여러분, 저를 나가게 해주세요" 그레고르가 말했다.

"자, 책임자님, 보시다시피 저는 고집스럽지 않고 일하는 것을 좋아합니다. 여행판매일이 힘들긴 하지만 저는 이 일 없이는 살 수 없습니다. 책임자님, 어디로 가시죠? 사무실로 가시나요? 네? 모든 것을 진실하게 보고하시겠어요? 사람은 때때로 일을 하지 못할 수도 있지만, 바로 그런 때가 과거에 이룬 것들을 기억하고 훗날 어려움이 해결되면 분명 더 열심히 그리고 집중해서 일할 것으로 생각합니다. 저는 사장님께 매우 감사하고 있고 당신도 그걸 잘 아실거라 생각합니다. 한편으로는 부모님과 동생에 대한 걱정도 있습니다. 저는 지금 어려운 상황에 처해 있지만 다시 일어설 겁니다. 저에게 이미 있는 어려움을 더 키우지 말아 주세요. 사무실에서 저를 지지해 주세요! 사람들이 여행 판매원을 좋아하지 않는 것은 저도 알고 있습니다. 그들은 여행 판매원이 많은 돈을 벌면서 즐거운 삶을 살고 있다고 생각합니다. 하지만 이런 편견에 대해 특별히 대응할 생각도 없습니다. 비밀 하나 말씀드릴까요? 당신은 사장님도 직원에 대한 판단을 잘못 내릴 수 있다는 것을 잘 알고 계십니다. 또한 여행 판매원들은 거의 1년 내내 회사 밖에서 일하다 보니 소문, 우연의 일치, 근거 없는 불만 등의 희생양이 되기 쉬운데, 그것들에 맞서기는 거의 불가능합니다. 우리는 보통 그것들에 대해 듣지도 못하지만, 만약 듣게 되더라도 그것은 여행에서 지친 채로 집에 돌아왔을 때이며, 그때 우리는 원인도 모른 채 근거 없는 소문들이 초래한 나쁜 영향을 느낍니다. 제발, 그냥 가지 마시고 적어도 제가 어느 정도 옳다는 것을 보여주는 얘기를 해

주세요!"

책임자는 그레고르의 첫 말에서부터 몸을 돌렸고, 오직 떨리는 어깨 너머로 입술을 내밀며 그레고르를 돌아보았다. 그리고 그레고르가 말하는 동안 가만히 있지 않고, 그레고르의 눈을 피하지도 않으며 천천히 문 쪽으로 물러났다. 마치 방을 떠나는 것이 금지된 것처럼 천천히 움직였는데 그는 이미 현관에 도착했고, 마지막으로 거실에서 순간적인 움직임으로 발을 빼며 나가고 있었다. 그리고 마치 초자연적인 힘이 그곳에서 구해주기를 기다리고 있는 것처럼 현관에서 계단 쪽으로 손을 멀리 뻗었다.

그레고르는 이런 상태에서 책임자를 그냥 보내서는 안 된다고 생각했다. 그렇게 되면 직장에서의 입지가 극도로 위태로워질 수 있었는데 부모님은 이 상황을 잘 이해하지 못했다. 그들은 여러 해 동안 그레고르가 이 회사에서 평생을 보장받을 것이라는 확신이 있었고, 현재의 걱정들로 인해 미래를 내다볼 여유도 없었다. 하지만 그레고르는 통찰력을 가지고 있었기에 책임자를 설득하고, 진정시키고, 확신시키고, 결국엔 그를 설득해야만 했다.

그레고르와 가족들의 미래가 거기에 달려 있었으니까! 여동생이 여기 있었다면 얼마나 좋았을까! 그녀는 똑똑했고 그레고르가 평온하게 누워 있을 때부터 이미 울고 있었다. 그리고 여자를 좋아하는 책임자는 분명 그녀의 말에 동의했을 것이다. 그녀는 아파트 문을 닫고 현관에서 그의 충격을 달랬을 것이었지만 동생은 그 자리에 없었고 그레고르는 스스로 행동해야 했다.

그는 자신이 현재 움직일 수 있는 능력을 아직 모른다는 생각도 하지 않고, 자기 말을 이해하지 못할 수도 있다는 생각은 하지도 않은 채, 문을 나와서 두 손으로 앞마당의 난간을 우스꽝스럽게 잡고 있는 책임자에게 가고 싶었지만, 제어할 수 없는 작은 다리들로 인해 그냥 넘어지고 말았다.

그런 일이 일어난 직후, 그날 처음으로, 그는 자신의 몸이 괜찮다고 느꼈다. 작은 다리들이 단단한 땅을 느꼈고 원하는 대로 정확히 움직여서 기쁘기까지 했다. 다리들은 심지어 그가 가고 싶은 곳으로 그를 이끌기까지 했는데 그는 자신의 고통이 곧 완전히 없어질 것으로 생각했다. 그는 움직이고 싶은 충동을 억눌렀지만, 바닥에 쭈그려 앉은 채로 몸을 좌우로 흔들었다. 어머니로부터 그리 멀지 않은 바닥에 누워 있었고, 그녀는 어딘가에 몰두하고 있다가 갑자기 뛰어올라 손을 펼치고 손가락을 펼치며 소리쳤다.

"제발, 도와주세요!"

그녀는 그레고르를 더 잘 보려는 듯 고개를 숙였지만, 몸은 반대로 뒤로 물러나고 있었다. 그녀는 등 뒤에 있던 식탁을 잊고 있었는데 식탁에 도달했을 때는 마치 정신이 없는 듯 급히 앉았고,

거기에 있던 큰 주전자에서 커피가 쏟아져 나와 바닥으로 흘러내렸음에도 전혀 눈치채지 못했다.

"엄마, 엄마." 그레고르가 조용히 말하며 그녀를 올려다보았다.

그 순간 그레고르는 책임자에 대해 완전히 잊고 있었다. 대신 흘러내리는 커피를 보며 몇 번이나 허공에 턱을 덥석 물었다. 이에 어머니는 다시 소리를 지르며 식탁에서 벗어나 달려오는 아버지의 품에 안겼다. 하지만 그레고르는 부모님에게 신경 쓸 시간이 없었다. 책임자는 이미 계단에 있었고, 난간에 턱을 기대고 마지막으로 뒤돌아보고 있었다. 그레고르는 책임자를 가능한 한 확실하게 따라잡기 위해 돌진을 시작했지만, 책임자는 무언가를 직감한 듯 몇 계단을 뛰어넘어 사라졌다.

"후!"하고 그는 소리쳤고, 그 소리는 계단을 통

해 울려 퍼졌다.

불행하게도 책임자의 도주는 상대적으로 침착했던 아버지를 완전히 혼란스럽게 만들었고, 책임자를 쫓아가거나 적어도 그레고르가 추격하는 것을 방해하지 않는 대신, 아버지는 책임자가 의자에 두고 간 모자, 오버코트와 함께 지팡이를 오른손으로 잡고, 왼손으로는 탁자 위의 큰 신문을 들고 발을 구르며 그레고르를 방으로 몰아넣기 시작했다.

그레고르의 간청은 소용이 없었고, 아무리 공손하게 머리를 돌려도 아버지는 발을 더 세게 구르기만 했다. 그 사이에 어머니는 차가운 날씨에도 불구하고 창문을 활짝 열고, 창밖으로 몸을 내밀어 손으로 얼굴을 가렸다. 거리와 계단 사이로 강한 바람이 불어 창문 커튼이 펄럭였고, 탁자 위의 신문이 바스락거리며, 몇몇 페이지가 바닥을 날렸다. 아버지는 무자비하게 그레고르를 몰아세우며 야만인처럼 쉭쉭 소리를 냈다.

그레고르는 아직 뒤로 걷는 연습을 해본 적이 없었기 때문에 정말 느리게 움직였다. 그레고르가 돌아갈 수만 있었다면 곧장 방으로 들어갔을 텐데, 돌아가는 데 시간이 걸려 아버지를 조급하게 할까 봐 두려웠고, 언제든 아버지가 손에 쥔 막대기도 등이나 머리에 치명적인 타격을 가할까 봐 두려웠다. 그러나 그레고르는 다른 선택의 여지가 없었고, 뒤로 걷는 동안에는 방향조차 유지할 수 없다는 것을 깨달았기 때문에 아버지를 끊임없이 불안하게 옆으로 바라보며 가능한 한 빨리 돌아서기 시작했다.

그레고르의 몸은 매우 느리게 돌아서고 있었다. 그의 아버지는 그를 방해하지 않고 막대기 끝으로 멀리서 회전하는 동작을 지시했기 때문에 그의 선의를 깨달았을 것이다.

'아버지의 참을 수 없는 쉭쉭 소리만 아니었다면! '

그레고르는 고개를 갸우뚱거렸다.

그는 쉭쉭거리는 소리를 듣고 실수를 해서 약간 뒤로 돌아갈 뻔했다. 하지만 마침내 출입구 앞에 고개를 내밀었을 때, 몸이 너무 커서 쉽게 통과할 수 없다는 것을 알게 되었지만, 지금 상태에서 아버지는 그레고르에게 충분한 통로를 만들기 위해 문의 다른 쪽을 열어주는 것은 전혀 생각하지 못하는 것 같았다.

아버지의 생각은 그레고르가 가능한 한 빨리 자기 방으로 가야 한다는 것뿐이었고, 그가 일어서서 문을 통과하기 위해 필요한 준비 과정들을 결코 허락하지 않았을 것이다. 대신 아무런 장애물이 없다는 듯, 그레고르에게 큰 소리를 내며 앞으로 밀어붙였고, 그레고르 뒤에 있는 것은 더 이상 아버지의 목소리처럼 들리지 않았으며, 그레고르는 겨우 문을 열고 들어갔다. 몸의 한쪽이 들리게 되자 그는 문간에 비뚤게 걸쳐졌고, 한쪽 옆구리는 모두 상처가 났으며, 하얀 문에는 흉한 자국이 남게 되었다. 그리고 곧 갇혀서 스스로 움직일 수 없게 되었다. 한쪽의 작은 다리들은 허공에 떨리고 있었고, 다른 쪽 다리들은 바닥에 고통스럽게 눌려 있었는데 아버지는 그제서야 그레고르가 풀려날 수 있도록 뒤에서 강하게 밀어주었고, 그는 피를 흘리며 멀리 자신의 방 안으로 날아가 버렸다. 아버지가 막대기로 문을 쾅 닫은 후 마침내 조용해졌다.

# PART

# II

약하게 던진 사과 하나가 그레고르의 등을
스쳐 지나갔지만 다치지는 않았다.

하지만 바로 뒤이어 날아온 다른 사과는
그레고르의 등에 깊숙이 박혔다.

# II

그레고르는 해질녘이 되어서야 기절할 듯한 잠
에서 깨어났다. 충분히 잘 쉬었기 때문에 방해받
지 않고 훨씬 늦게 일어날 것 같았는데 서둘러
걷는 발걸음, 현관문을 조심스럽게 닫는 소리
가 그를 깨운 것 같았다. 전기 가로등의 불빛이
천장과 가구의 높은 부분을 희미하게 비췄지만,
그레고르가 있는 아래층은 어두웠다. 그레고르
는 이제 막 감각을 익히기 시작한 더듬이로 서
툴지만 길을 느끼고 천천히 문 쪽으로 몸을 밀

어보며 무슨 일이 일어났는지 확인했다. 왼쪽 옆구리에는 불편할 정도로 긴 흉터가 하나 있었고, 두 줄의 다리들은 절뚝거리며 걸어야 했다. 게다가 다리 중 하나는 오전에 일어난 사건으로 심하게 다쳐서 한쪽만 다친 것이 거의 기적에 가까워 보였고 그것은 힘없이 끌려가고 있었다.

문에 다다랐을 때, 무엇이 자신을 이곳으로 오게 했는지 알게 되었다. 그것은 바로 먹을 것의 냄새였다. 거기에는 달콤한 우유가 담긴 그릇이 있었고 그 안에는 작은 빵 조각들이 떠 있었다. 그레고르는 기쁨에 거의 웃음을 터뜨릴 뻔했다. 아침보다 더 큰 배고픔을 느꼈고, 곧 그의 눈이 거의 우유에 잠길 정도로 머리를 우유 속으로 깊숙이 담갔다.

그레고르는 실망스럽게도 바로 머리를 빼냈다. 왼쪽에 생긴 상처 때문에 음식을 먹기도 어려웠고 온몸을 이용해야만 겨우 음식을 먹을 수 있었다. 그가 좋아할거라 생각해서 가져다 놓은 우유

는 전혀 맛이 없었다. 그는 거의 역겨움을 느끼며 그릇에서 고개를 돌리고 방 한가운데로 다시 기어갔다.

문틈으로 본 거실엔 가스등이 켜져 있었다. 보통 이 시간에는 가끔 아버지가 어머니와 여동생에게 큰 소리로 오후 신문을 읽어주곤 했는데, 지금은 아무 소리도 들리지 않았다. 아마도 여동생에게 큰 소리로 읽어주던 일이 최근에 사라진 것 같았다. 분명히 집은 비어 있지 않을 텐데 주위는 너무도 조용했다.

'가족들이 참 조용하게 살고 있구나.' 라고 그레고르는 생각했다.

어두움 속에서 멍하니 바라보며, 자신이 가족들에게 좋은 아파트에서 풍요로운 삶을 제공할 수 있었다는 사실에 큰 자부심을 느꼈다. 하지만 지금 모든 평화로움과 넉넉함, 안락함이 끔찍한 결말로 끝날지도 모른다는 생각이 들자, 그레고르는 불안한 마음에 차라리 움직이기로 하고 방 안을 위아래로 기어다녔다.

긴 저녁 동안 한 번은 한쪽 문이, 또 다른 한 번은 반대편 문이 조금 열렸다가 빠르게 다시 닫혔다. 누군가가 들어오고 싶었지만 생각이 바뀐 것 같았다. 그레고르는 이제 거실 문 바로 앞에 멈춰서서 이 소심한 방문자를 어떻게든 방 안으로 데려오거나 적어도 누구였는지 알아내려고 결심했다. 하지만 그날 밤 문은 더 이상 열리지 않았고 그레고르는 헛되이 기다리기만 했다. 전날 아침 문이 모두 잠겨 있을 때는 다들 들어오려고 했었는데 이제 그가 한쪽 문을 열어놓고 다른 문들도 낮 동안 열어놓았음에도 아무도 오지 않았고 열쇠들은 이제 바깥쪽에 꽂혀 있었다.

밤늦게 거실의 불이 꺼졌고, 그레고르는 부모님과 여동생이 그렇게 오랫동안 깨어 있었다는 것을 쉽게 알 수 있었다. 그들 모두 발끝으로 조용히 걸어가는 소리가 들렸기 때문이다. 이제 아침까지 누구도 그레고르의 방에 들어오지 않을 것이 확실했다. 이제 방해받지 않고 자신의 삶을 어떻게 재정비할지 고민할 충분한 시간이 생겼다. 방은 그가 지난 5년간 익숙하게 살아온 곳이었지만 넓고 높은 방에서 바닥에 누워 있어야 하는 상황이 다시 그를 불안하게 했는데 불안의 원인을 도무지 알 수 없었다. 그리고 알게 모르게 약간의 수치심을 느낀 듯 소파 아래로 급히 숨었다. 그곳에서 등이 약간 눌리고 머리를 들 수도 없었지만 매우 편안함을 느꼈고, 오히려 자기 몸이 너무 넓어 소파 아래에 완전히 들어가지 않는 것을 아쉬워했다.

그 소파 밑에서 밤을 보냈는데, 그 시간 동안 가끔 깨어나는 배고픔에 시달리며 반쯤 잠을 자기도 했고, 또 걱정과 막연한 희망에 사로잡혀 있기도 했다. 하지만 항상 같은 결론으로 이어졌는데 당분간 그는 차분해야 하고 인내심을 보여주어야 했다. 그래서 그레고르는 그의 가족들이 현재 상태에서 감당해야 하는 불쾌함을 견딜 수 있도록 최대한의 배려를 해야 한다고 생각했다.

이른 아침, 거의 새벽즈음 그레고르는 자신의 결심을 확인할 기회를 얻었다. 거의 완전히 옷을 입은 채 여동생이 불안한 표정으로 문을 열고 안을 들여다보았다. 처음에 그녀는 그레고르를 찾지 못하고 '그가 어딘가에 있을 거야' 생각했는데 막상 그가 소파 아래에 있는 것을 발견하자, 크게 놀라 어쩔 줄 모르고 문을 다시 닫았다. 하지만 그녀는 자신의 행동을 후회하는 듯, 바로 문을 다시 열고 마치 중병 환자나 전혀 낯선 사람을 대하듯이 조심스럽게 발끝으로 들어왔다.

그레고르는 그녀를 관찰하기 위해 소파 가장자리까지 머리를 내밀었다. 여동생은 그가 아침에 우유를 남겼다는 것을 알아차릴까? 그리고 그것이 결코 배고픔 때문이 아니었다는 걸 알까? 그렇다면 그에게 더 잘 맞는 다른 음식을 가져다줄까? 만약 그렇게 하지 않는다면, 그녀에게 무언가 맛있는 음식을 달라고 부탁하기보다 그냥 굶을 것이다. 하지만 여동생은 곧 놀란 듯 거의 비워지지 않은 그릇을 발견했고, 그릇 주변에 약간의 우유가 쏟아진 것을 보고 나서는 걸레로 접시를 집어 들고 밖으로 가져갔다.

그녀가 무엇을 대신 가져올지 매우 궁금해하면서 그레고르는 여러 가지를 상상했다. 하지만 그는 결코 여동생이 실제로 어떤 것들을 가져올지 예상할 수 없었다. 그녀는 그의 취향을 시험해 보기 위해 여러 가지 음식을 오래된 신문지에 펼쳐 가져왔다. 거기에는 오래된 반쯤 썩은 야채와 저녁 식사에서 남은 뼈들이 하얗게 굳은 소스와 함께 있었고, 몇 개의 건포도와 아몬드, 그레고르가 이틀 전에 먹을 수 없다고 했던 치즈, 마른 빵, 버터를 바른 빵 그리고 버터와 소금을 뿌린 빵이 있었다. 그리고 그녀는 아마도 그레고르를 위해 마련된 것으로 보이는 그릇에 물을 부어 놓았다.

그레고르가 그녀 앞에서 먹지 않을 것임을 알

고, 서둘러 방을 나가며 심지어 문을 잠그기까지 했다. 그녀가 이렇게 한 것은 그레고르가 원하는 대로 편안하게 있을 수 있도록 배려한 것이다. 그레고르의 다리는 이제 식사를 할 시간이 되자 바삐 움직였다. 그의 상처도 완전히 치유된 것 같았고, 더 이상 불편함도 느끼지 않았다. 한 달 전 칼에 손가락을 살짝 베었는데, 그는 어제까지 손가락이 아팠다는 것을 깨달았다.

'그럼 나는 예전보다 덜 민감해진 건가?'라고 그레고르는 생각했다.

그레고르는 신문 위의 다른 음식들보다 훨씬 더 맛있어 보이는 치즈를 탐욕스럽게 빨아들이고 있었다. 치즈에 매우 강하게 끌렸기 때문이다. 그는 치즈, 야채, 소스를 연속적으로 빠르게 먹었고, 눈물까지 흘리며 만족스러워했다.

신선한 음식들은 맛이 없었고, 심지어 그 냄새조차 견딜 수 없어서 먹고 싶은 것들만 조금 더 멀리 끌고 갔다. 그는 이미 모든 것을 먹고 난 후 여전히 그 자리에 게으르게 누워 있었다. 여동생이 그가 물러가라는 신호로 천천히 문을 잠그자 바로 깨어났고 거의 잠든 상태였음에도 불구하고 다시 소파 아래로 빠르게 기어갔다.

과식으로 인해 그의 몸이 약간 둥글게 되다 보니 여동생이 방에 있는 동안 소파 아래에 머무르는 것이 매우 힘들었고, 좁은 공간에서 숨을 쉬기 힘들어 숨이 막힐 것만 같았다. 그는 아무것도 모르는 여동생이 빗자루로 전혀 손대지 않은 음식까지도 마치 더 이상 쓸모없는 것처럼 쓸어 담는 것을 지켜보았다. 그녀는 모든 것을 서둘러 쓰레기통에 버렸고, 나무 뚜껑으로 덮었다. 그녀가 돌아서자마자 그레고르는 소파 밑에서 기어 나와 몸을 쭉 펴고 기지개를 켰다.

이처럼 그레고르는 매일 그녀의 음식을 받게 되었다. 첫 번째는 아침에 부모님과 하녀가 아직 잠들어 있을 때, 두 번째는 모두가 점심 식사를 마친 후였는데, 그때 부모님은 잠시 낮잠을 자곤 했고, 하녀는 여동생이 심부름을 보내어 자리를 비우게 했다. 그들도 그레고르가 굶어 죽기를 원하지는 않았지만, 그가 먹는 모습을 직접 보는 것을 힘들어했을 수도 있다. 실제로 가족들은 이미 충분히 아파하며 고통받고 있었고 그래서 여동생은 가족들에게 조금이나마 슬픔을 덜어주고자 했다.

그레고르가 변했던 첫날 오전에 의사와 자물쇠 수리공을 어떻게 집에서 내보냈는지 그는 전혀 알 수 없었다. 아무도 그를 이해할 수 없었기 때문에 여동생을 포함한 모든 사람들은 그도 다른 사람들의 말을 이해할 수 없다고 생각했다. 그래서 그레고르는 여동생이 방에 있을 때는 그녀의 한숨과 타인의 이름을 부르는 소리만 가끔 들을 수 있었다.

그녀가 이 상황에 조금 익숙해졌을 때 '오늘은 맛있게 잘 먹었네.' 라며 그녀가 친절하게 하는 말을 가끔 들을 수 있었다. 보통 그녀는 그레고르가 식사를 깨끗이 해치운 후에 말했다.

음식을 남기는 경우가 많아지면서 그녀는 거의 슬픈 듯이 말했다. '이번에도 또 다 먹지 않았네.'

그레고르는 직접적으로 들을 수는 없었지만, 옆방에서 여러 가지 이야기들을 들을 수 있었다. 그는 목소리가 들리면 바로 문에 바로 달려가 온몸을 문에 바짝 갖다 대곤 했다. 특히 처음에는 비밀로 할지라도 역시 모든 주제는 그에 관한 이야기였다. 이틀 동안 모든 식사 때마다 지금 어떻게 해야 할지에 대해 논의했고 식사 시간 사이에도 같은 주제에 관해 이야기하는 경우가 많았다. 집에 혼자 있고 싶어 하는 사람이 아무도 없었기 때문에, 최소한 두 명은 항상 집에 있었고 집을 완전히 비울 수는 없었다.

첫날 하녀는 무엇을 얼마나 알고 있는지 분명하게 말하지 않았지만, 어머니에게 즉시 해고해

달라고 부탁했다. 15분 후 작별 인사를 할 때, 그는 해고에 대한 감사의 눈물을 흘리며 마치 큰 은혜를 입은 것처럼 감사를 표했고, 누구에게도 비밀을 누설하지 않겠다고 단호하게 맹세했다.

이제 여동생은 어머니와 함께 요리해야 했지만 가족들은 거의 먹지 않았기 때문에 큰 노력이 필요하지 않았다. 그녀는 종종 가족들에게 음식을 드시라고 권유했다.

"고마워, 하지만 충분하구나."라는 대답만 들을 뿐이었다.

음료도 거의 마시지 않았다. 여동생은 아버지에게 맥주를 원하시는지 여러 차례 물었고, 직접 가져오겠다고 성심성의껏 말했다. 아버지가 대답하지 않자, 이기적으로 느끼지 않도록 하녀에게 가져오게 할 수도 있다고 덧붙였지만, 그러면 아버지는 크고 소리 높은 소리로 말했다.

"괜찮다." 그는 더 이상 아무 말도 하지 않았다.

그 일이 있던 첫날 아버지는 어머니와 여동생에게 가족의 재정 상황과 전망을 설명했다. 테이블에서 일어나 5년 전 사업이 망한 후에도 보관했던 작은 금고에서 영수증과 장부를 꺼냈다. 그가 복잡한 자물쇠를 열고 원하는 것을 꺼낸 후 다시 잠그는 소리가 들렸고 아버지의 설명은 그레고르가 감금된 이후 처음으로 들어본 반가운 소식이었다.

그레고르는 아버지가 사업에서 아무것도 남지 않았다고 생각했었다. 아버지가 그레고르에게 그렇게 말한 적은 없었고, 그레고르 역시 물어본 적도 없었다. 당시 그레고르의 걱정은 가족이 사업 실패로 인한 절망에서 가능한 빨리 벗어나도록 최선을 다하는 것이었다. 그래서 특별한 열정을 가지고 일하기 시작했고 거의 하룻밤 사이에 소규모 사무직에서 성과 보상이 훨씬 높은 여행 판매원으로 전환되었다. 성과는 즉시 현금으로 전환되는 수수료의 형태로 지급되었고, 받은 현

금을 테이블 위에 올려놓아 가족들을 놀라게 했다. 그레고르는 나중에 가족의 모든 비용을 부담할 수 있을 만큼 충분히 벌었고 실제 그렇게 부담했으며 가족들은 그에게 감사하며 돈을 받았다.

그때는 좋은 시절이었지만 그와 같은 화려한 시절은 다시 반복되지 않았다. 가족들은 그가 제공하는 것을 기뻐하긴 했지만 이미 익숙해져 있었고 그의 헌신을 당연하게 생각했으며 별다른 관심을 보이지도 않았다. 오직 여동생만이 그레고르와 계속 가까이 있었는데 그레고르에게는 비밀계획 한 가지가 있었다.

비용이 많이 들더라도 음악을 매우 사랑하고 감동적으로 바이올린을 연주하는 여동생을 음악학교에 보내는 것이었다. 그레고르가 머무는 동안 여동생과의 대화에서 종종 음악학교를 언급했지만, 그녀는 항상 이룰 수 없는 아름다운 꿈으로만 생각했고, 부모는 그런 가벼운 언급조차 좋아하지 않았다. 하지만 그레고르는 그것을 꽤 진지하게 생각하고 있었고, 크리스마스이브에 공식적으로 발표할 계획이었다.

문에 붙어 서서 듣고 있는 동안 현재 상태에서는 쓸모없는 그런 생각들이 머릿속을 스쳐 지나갔다. 때로는 너무 피곤해서 더 이상 듣지 못하고 문에 머리를 무심코 부딪쳤는데, 그 작은 소리가 옆방까지 들려서 모두를 잠잠하게 했기 때문에 곧 다시 머리를 들어 올렸다.

"또 뭘 하는 거지."

아버지가 잠시 후에 문 쪽을 향해 말하고, 그제야 중단되었던 대화가 서서히 다시 시작되었다.

그레고르는 이제 충분히 알게 되었다. 아버지는 자신의 설명을 반복하는 경향이 있었는데 한편으로는 그 자신이 오랫동안 이런 일들에 관여하지 않았기 때문이고, 다른 한편으로는 어머니가 처음에는 모든 것을 이해하지 못했기 때문이었다. 그에게 닥친 불행에도 불구하고 과거의 작은 재산은 아직 남아 있었고, 그 사이 이자도 조금씩 불어나 있었다.

그레고르가 매달 집으로 가져온 돈도 완전히 다 쓰지 않았고 계속 쌓여 작은 자본이 되었다. 문 뒤에 있는 그레고르는 가족들의 이러한 예상치 못한 조심성과 절약에 흡족해하며 열심히 고개를 끄덕였다. 사실 이 여분의 돈으로 아버지가 사장에게 진 빚을 더 갚을 수 있었고, 그 부담을 덜어낼 날이 훨씬 가까워졌을 것이다. 지금까지는 아버지가 해온 방식이 분명히 더 좋아 보였다.

하지만 이 적은 자본에서 생기는 이자로 가족들의 생활을 유지하는 것은 불가능했다. 그것으로는 1년, 많아야 2년 정도 가족들을 부양할 수 있을 뿐이었다. 그래서 그 돈은 사실상 건드리면 안 되는 금액이었고, 비상시를 대비해 저축해야 했다. 생활비는 벌어서 마련해야 했다. 아직 건강하지만 나이 든 아버지는 지난 5년 동안 일하지 않았고 많은 것을 기대할 수도 없었다. 아버지의 고된 그러나 결실 없는 삶의 첫 휴가였던 5년 동안 체중은 많이 늘어났고 움직임도 상당히 둔해져 있었다.

천식을 앓고 있어 아파트 주변을 산책하는 것조차 힘들고 호흡 곤란으로 인해 이틀에 한 번씩 열린 창문 옆 소파에서 시간을 보내는 어머니가 과연 돈을 벌 수 있을까? 그리고 17살의 여동생도 돈을 벌어야 한다고? 그녀의 지금까지의 삶은 예쁘게 차려입고, 오래 자고, 가정일을 돕고, 몇 가지 소소한 즐거움에 참여하고, 무엇보다도 바이올린을 연주하는 것이었다.

그들의 대화가 돈을 벌어야 한다는 얘기로 바뀌면 그레고르는 항상 문에서 손을 놓고 문 옆에 있는 차가운 가죽 소파에 몸을 던졌다. 수치심과 슬픔으로 몸이 뜨거워졌기 때문이다.

그레고르는 종종 밤새도록 소파에 누워 한순간

도 잠들지 못하고 몇 시간 동안 가죽 위에서 발을 긁었다. 또는 의자를 창가로 밀어 놓고 힘겹게 창턱 위로 기어 올라가 의자에 기대어 창가를 바라보며 앉곤 했다. 예전에 창밖을 볼 땐 큰 해방감을 느꼈지만, 이제는 기억에서만 조금 느껴질 뿐 실제로 그는 시간이 지날수록 가까운 것들조차 점점 더 흐릿하게 보이기 시작했다. 이전에 종종 불평했던 맞은편 병원은 전혀 볼 수 없게 되었다.

그가 자신이 조용하지만, 완전히 도시적인 샬로텐거리에 살고 있다는 것을 정확히 알지 못했다면, 그는 자신이 창문에서 황량한 곳을 바라보고 있다고 생각했을 것이다. 그의 시선에서는 회색 하늘과 회색 땅이 구별 없이 하나로 합쳐져 보였다. 여동생이 창가에 의자가 있는 것을 두 번 보고 난 뒤, 그녀는 방을 정리한 후에는 항상 의자를 창가 쪽으로 정확히 밀어 놓았고, 이제는 안쪽 여닫이를 열어 두기까지 했다.

그레고르가 여동생과 대화를 나눌 수 있고 그

녀가 해준 모든 것에 대해 감사를 표할 수만 있었다면 그녀의 노력을 좀 더 쉽게 받아들였을 것이다. 그러나 그렇게 할 수 없어서 그는 고통스러웠다. 여동생은 이 모든 불편함을 최대한 감추려고 애썼고 시간이 지날수록 그녀는 더 잘 해냈다. 하지만 시간이 지남에 따라 그레고르도 모든 것을 더 정확히 알게 되었다.

그녀가 방에 들어오는 일이 그에게는 점점 불쾌해졌다. 그녀는 들어오자마자 문을 닫을 새도 없이 곧장 창문으로 달려가, 평소처럼 그레고르의 방이 보이지 않도록 조심스럽게 황급히 창문을 열었다. 추워도 한동안 창가에 머물며 깊게 숨을 쉬었다. 그녀는 이렇게 뛰어다니고 소음을 내는 행동으로 하루에 두 번씩 그레고르를 놀라게 했다. 그레고르는 소파 밑에서 온종일 떨고 있었지만, 그녀가 문을 닫고 방에 머물면서 창문을 열지 않았다면 이런 일을 당하지 않았을 것이라는 것을 잘 알고 있었다.

그레고르의 모습이 변한 지 한 달이 지났을 무렵, 이미 익숙해져 놀랄 이유가 없었던 여동생이 평소보다 일찍 왔고, 그레고르가 창문에서 꼼짝하지 않고 놀랄 만큼 무서운 자세로 서 있는 것을 발견했다. 그레고르가 창가에 있어서 여동생은 창문을 바로 열지 못했을 것이기에 그녀가 들어오지 않는다 해도 놀랍지 않았을 것이다. 하지만 그녀는 들어오지 않을 뿐만 아니라 물러나서 문을 닫았다. 이 상황을 모르는 사람이라면 그레고르가 그녀를 기다렸다가 물려고 한다고 생각했을지도 모른다. 그레고르는 즉시 소파 아래로 숨었지만, 여동생이 다시 돌아오려면 정오까지 기다려야 했고, 그녀는 평소보다 훨씬 불안해 보였다. 이때부터 그레고르는 자신의 모습이 그녀에게 견딜 수 없을 정도로 괴로운 것임을 알게 되었고 여동생은 소파 아래로 튀어나온 그의 작은 몸 일부만 보여도 도망치고 싶어지는 충동을 참아야만 했다. 그레고르는 장장 4시간 동안 등에 이불을 올리고 그것을 소파에 걸쳐 자신을 가려서 여동생이 그를 완전히 볼 수 없게 했다. 여동생이 이불을 치울 수도 있었지만 그녀는 이불을 그대로 두었고 그레고르는 여동생이 고맙게 생각하고 있다고 믿었다.

처음 열흘 동안 부모님은 그에게 들어가지 못했고, 그는 여동생이 현재 상황에 적응하여 일하는 것에 대해 완벽하게 인정하는 부모님의 이야기를 들었다. 이전에 부모님은 여동생이 집안일에 도움이 안 된다고 종종 불평했었다. 그러나 이제는 여동생이 그의 방을 청소할 때 방 앞에서 기다리고 있었고 그녀는 나오자마자 방이 어떻게 보이는지, 그레고르가 무엇을 먹었는지, 이번에는 어떻게 행동했는지, 조금이라도 나아졌는지를 부모님께 정확히 알려드려야 했다.

어느 정도 시간이 지나자, 어머니는 가급적 빨리 그레고르를 방문하고 싶어 했지만, 처음에는 아버지와 여동생이 그녀를 만류했다. 그레고르는 그들의 대화를 주의 깊게 듣고는 전적으로 동의했다. 나중에는 억지로 어머니를 막아야 했다.

"그레고르에게 가게 해줘, 그는 내 불행한 아들이야! 이해하지 못하니? 나는 그에게 가야만 해!"

그레고르는 어쩌면 어머니가 들어오는 것이 더 나을지도 모른다고 생각했다. 매일은 아니지만, 아마도 일주일에 한 번 정도, 어머니는 여동생보다 모든 것을 훨씬 잘 이해했다. 여동생의 용기 있는 행동에도 불구하고 아직은 아이였고, 어쩌면 아이다운 순수한 마음 때문에 이렇게 힘든 일을 맡았을거라 생각했다.

어머니를 보고 싶어 하는 소망은 곧 이루어졌다. 낮 시간 동안 그레고르는 부모님을 위해 창가에 나타나지 않으려 했고, 넓지도 않은 방바닥에서 기어다니는 것도 많지 않았으며, 밤새도록 가만히 누워 있는 것은 이미 지루해하고 있었다. 먹는 것도 전혀 즐거움이 되지 않았기에 그는 지루함을 극복하려고 벽과 천장을 가로지르며 기어 다니는 습관을 들였다. 특히 천장에 매달리는 것을 좋아했는데 바닥에 누워 있는 것과는 전혀 달랐다. 호흡도 더 자유로웠고, 몸은 가볍게 흔들리기도 했다. 그레고르가 약간의 행복감에 빠져 있을 때면 천장에서 몸을 놓아버리고는 바닥으로 철썩 떨어지곤 했다. 하지만 이제는 몸을 훨씬 더 잘 제어할 수 있어서 그렇게 큰 낙하에도 다치지 않았다.

여동생은 그레고르가 발견한 새로운 재미를 금방 알아차렸는데 그레고르는 여기저기 기어다닐 때마다 접착력이 있는 점액질 자국을 남겼기 때문이었다. 그래서 그녀는 그레고르가 최대한 기어다닐 수 있도록 그를 방해하는 가구, 특히 서랍장과 책상을 치우기로 마음먹었다. 하지만 혼자서는 그 일을 할 수 없었고, 아버지에게 도움을 청할 엄두도 내지 못했다. 하녀는 분명 도와주지 않았을 것이다. 그 하녀는 다른 하녀가 해고된 후에도 용감하게 남아 있었지만, 부엌문을 계속 잠 궈두고 특별한 요청이 있을 때만 문을 열어달라 고 부탁했기 때문이었다.

여동생에게는 아버지가 없을 때 어머니를 불러 오는 것 외에는 다른 방법이 없었다. 어머니는 기 쁨을 표현하며 다가왔지만, 막상 그레고르의 방 문 앞에서 침묵했다. 먼저 여동생이 방 안이 괜찮 은지 확인했고, 그 후에 어머니가 들어갈 수 있었 다. 그레고르는 서둘러 시트를 더 깊고 주름진 모 양으로 만들어, 그것이 마치 소파 위에 우연히 던 져진 시트처럼 보이게 했다. 그레고르는 시트 밑 에서 엿보는 것을 삼갔고, 이번에는 어머니를 보 지 않기로 했으며, 그녀가 왔다는 것만으로도 만 족했다.

"엄마, 들어와도 돼, 보이지 않아." 여동생이 말 하며 어머니의 손을 잡고 안내했다.

그레고르는 두 명의 여성이 방에 들어와 무겁

고 오래된 서랍장을 옮기는 소리를 들었고 여동생이 과로할까 봐 걱정하는 어머니의 경고를 무시한 채 어떻게 대부분의 일을 혼자서 계속했는지에 대해서도 들었다. 서랍장을 옮기는 일은 꽤 오랜 시간이 걸렸는데 15분이 넘는 작업 후 어머니는 서랍장을 그대로 두는 게 낫겠다고 말했다.

첫째, 너무 무거워서 아버지가 돌아오기 전에는 끝낼 수 없을 것이고, 서랍장을 방 가운데 두면 그레고르의 길을 완전히 막게 될 것이며, 둘째, 가구를 치우는 것이 그레고르에게 도움이 될 것인지도 확실하지 않았다. 오히려 그 반대라고 생각했다. 빈 벽을 보는 것은 가슴을 답답하게 할 수 있었고, 그레고르 역시 익숙한 방 가구 없이는 외로움을 느낄 것으로 생각했다.

"우리가 가구를 치우면 상황이 나아질 거라는 희망을 포기한 것처럼 보일 것이고, 그를 방치하는 것처럼 보이지 않을까?" 어머니는 거의 속삭이듯 말했다.

그녀는 그레고르가 자신의 위치를 정확히 알지 못하도록 목소리마저 들리지 않게 해야 한다고 생각했고, 그가 우리의 말을 이해하지 못한다고 확신했다.

"이 방을 그대로 유지하는 게 최선이 아닐까? 그레고르가 다시 우리와 함께 할 때 모든 것이 변하지 않았다면 그동안 생겼던 일들을 더 쉽게 잊을 수 있을 것 같아."

엄마의 말을 들으면서 그레고르는 직접적인 접촉도 없이 가족들의 단조로운 생활 속에서 지내온 두 달 동안 자신의 마음이 혼란스러워졌음을 깨달았다. 그는 왜 자신의 방을 비우고 싶었는지 설명할 수 없었다. 정말 따뜻하고 물려받은 가구로 아늑하게 꾸며진 방을, 변해버린 자신이 방해받지 않고 기어다닐 수 있는 동굴로 만들고 싶었던 것일까? 그리고 그것은 동시에 인간적인 과거를 완전히 잊어버리는 것을 의미했을 것이다. 그는 이미 거의 인간성을 잃어버릴 뻔했지만 오랜

만에 들은 어머니의 목소리가 그를 현실로 이끌었다. 결국, 아무것도 치워져서는 안 되었고 모든 것은 그대로 있어야 했다. 가구가 그의 상태에 좋은 영향을 주었기 때문에 포기할 수 없었다. 그리고 만약 가구가 기어다니기를 방해한다면, 그것은 해가 아니라 오히려 큰 장점이었다.

여동생은 다른 의견을 가지고 있었다. 그녀는 그레고르의 문제를 논의할 때 부모에게 특별한 전문가처럼 행동하는 습관이 생겼기 때문에 어머니의 조언은 듣지 않고 여동생이 처음에 혼자 생각했던 상자와 책상뿐 아니라 필수적인 소파를 제외한 모든 가구를 제거할 것을 주장했다. 그녀의 이러한 요구는 단순한 고집이나 최근에 어렵게 얻은 자신감 때문만은 아니었고 아마도 비슷한 나이대의 소녀들에게 있는 흔한 열정도 한몫했을 것이다. 그녀는 실제로 그레고르가 많은 공간을 기어다닐 필요가 있음을 관찰했는데, 가구들은 사용하지 않는 것처럼 보였다. 그녀는 그레고르의 상황을 더 무서워 보이게 하여 그가 더 많은 것을 할 수 있도록 만들어 주고 싶은 유혹을 느꼈다. 그레테는 아마도 그레고르가 벽을 기어다니고 있는 방에 들어갈 용기가 있는 유일한 사람일 것이다.

어머니의 만류에도 불구하고 여동생은 결정을 고수했고, 어머니도 이 방에서의 불안함으로 인해 마음이 불확실해졌다. 하지만 어머니는 곧 침묵했고, 정리할 때 그녀를 최대한 도와주었다. 그레고르는 필요한 경우 서랍장을 없앨 수 있었지만, 책상은 남겨둬야 했다. 여성들이 서랍장을 밀어내고 방을 떠나자마자 그레고르는 소파 밑에서 머리를 내밀고 어떻게든 조심스럽고 배려를 하면서 개입할 수 있는 방법을 고민했다. 그레테는 옆방에서 서랍장을 혼자 흔들어보고 있었다. 하지만 불행히도 먼저 돌아온 것은 어머니였는데 아직 그레고르의 모습에 익숙하지 않았고, 그 모습이 어머니를 아프게 할 수도 있었기 때문에 그레고르는 매우 놀라 소파 반대편 끝까지 후퇴했다. 하지만 시트가 앞쪽으로 조금 움직이는 것까지 막을 수는 없었다. 그것은 어머니의 주의를 끌기에 충분했고 그녀는 멈춰 섰다가 잠시 후에 그레테에게 돌아갔다.

그레고르는 자신에게 별다른 일이 일어나지 않았고, 몇 개의 가구가 옮겨지고 있을 뿐이라고 말했지만, 곧 그는 여성들이 오고가고 그들의 작은 소리와 가구가 바닥에서 내는 긁는 소리가 자신에게 커다란 소음으로 다가왔음을 인정해야 했다. 그는 고개와 다리를 몸에 꼭 붙이고 몸을 바닥에 깔면서도, 이 모든 것을 오래 견딜 수 없을 것으로 생각했다. 그들은 이미 방을 비우고 있었고, 그가 사랑하는 모든 것을 가져가고 있었다. 그의 퍼즐 톱과 다른 도구가 들어 있는 상자를 밖으로 옮겼고 이제는 그가 상업 학교 학생, 중학생, 심지어 초등학생일 때 숙제를 했던 바닥에 깊게 박힌 책상까지 치울 준비를 하고 있었다. 그는 두 여성이 가진 좋은 의도를 평가할 시간조차 없었다. 그들은 이미 피로로 인해 말없이 일하고 있었고 무거운 발걸음 소리만이 들렸다.

여성들이 옆방에서 책상에 기대어 잠깐 숨을 고르고 있는 동안 그레고르는 방향을 네 번이나 바꾸며 튀어나왔다. 처음에는 무엇을 먼저 구해야 할지 몰랐는데 그러다 이미 텅 빈 벽에 걸려 있는 모피를 입은 여성의 그림이 눈에 띄었다. 그는 서둘러 그곳으로 기어 올라가 유리에 몸을 눌러 붙였는데 뜨거운 배에 유리가 닿는 기분이 좋았다. 이 그림은 이제 그레고르가 완전히 가리고 있었으므로 아무도 가져가지 않을 것이다. 그는 거실 문 쪽으로 머리를 돌려 여성들이 돌아오는 것을 지켜보았다.

그들은 많은 휴식을 취하지 않았고 곧 다시 돌아왔다. 그레테는 어머니를 안다시피 하여 끌고 왔다.

"그러면 이제 무엇을 가져갈까?"

그레테가 둘러보며 말했다.

그때 그녀의 시선이 벽에 있는 그레고르와 마주쳤다. 어머니가 있었기 때문에 그녀는 침착함을 유지했고, 어머니가 주변을 둘러보지 못하게 하려고 얼굴을 어머니 쪽으로 숙였으며 떨리는 목소리로 말했다.

"잠깐 거실로 돌아가 볼까?"

그레테의 의도는 그레고르에게 분명했다. 그녀는 어머니를 안전하게 데려가려고 했고, 그런 다음 그를 벽에서 쫓아내려고 했다. 글쎄, 적어도 그녀는 시도할 수 있었다! 하지만 그는 그림 위에 앉아 그것을 지키고 있었고, 그레테가 자신에게 덤벼들면 그녀의 얼굴을 향해 뛰어들 준비가 되어 있었다.

그레테의 말은 어머니를 더욱 불안하게 했고, 어머니는 옆으로 비켜서서 꽃무늬 벽지에 있는 거대한 갈색 얼룩을 보았다. 어머니는 그것이 그레고르인 것을 깨닫기도 전에, 소리 지르며 거친 목소리로 외쳤다.

"오, 하나님!"

모든 것을 포기한 듯 팔을 벌리고 소파에 쓰러졌고, 움직이지 않았다.

"그레고르!"

그레테는 주먹을 쥐고 강렬한 눈빛으로 외쳤다. 변신 이후 처음으로 그녀가 그레고르에게 직접 말을 건 것이었다. 그녀는 부엌으로 달려가 어머니를 깨울 약을 찾으러 갔고, 그레고르도 도우려고 했지만, 그는 유리에 달라붙어 있어 힘겹게 떨어져 나와야 했다. 그는 예전처럼 그레테에게 조언을 주기 위해 부엌으로 달려갔지만, 그저 그녀 뒤에 서 있을 수밖에 없었다. 그녀가 다양한 병을 뒤지다가 돌아서자 놀라서 병 하나가 떨어져 깨지고, 유리 조각이 그레고르의 얼굴을 베었으며, 어떤 약이 그에게 튀었다. 그레테는 더 이상 주저하지 않고 손에 쥘 수 있는 만큼의 병을 잡고 어머니에게 달려갔고, 문을 발로 걷어차며 닫았다. 이제 그레고르는 자신의 탓으로 어쩌면 죽을지도 모르는 어머니와 차단되었다. 그는 문을 열 수 없었고, 어머니 곁을 지켜야 하는 그레테를 쫓아내고 싶지도 않았다. 그가 할 수 있는 일이라곤 기다리는 것뿐이었고, 자책감과 걱정에 사로잡혀 기어다니기 시작했다. 벽과 가구, 천장을 기어다니다가 방 전체가 어지럽게 자신 주위를 돌기 시작한 것 같은 절망감에 휩싸여 큰 테이블 위에 그대로 떨어졌다.

잠시 후, 그레고르는 기진맥진한 채로 누워 있었고 주위는 고요했다. 이것은 좋은 징조일 것 같았는데 마침 그때 벨이 울렸다. 아마도 하녀는 부엌에 갇혀 있었기 때문에 그레테가 문을 열어주러 가야 했고 때마침 아버지가 도착했다.

"무슨 일이 있었지?"

아버지는 그레테의 모습에서 모든 것을 짐작할 수 있었다. 그레테는 아버지의 가슴에 얼굴을 대고 나지막한 목소리로 대답했다.

"엄마가 기절했지만 지금은 괜찮아졌어요. 그레고르가 깨어났어요."

"내가 그럴 줄 알았다."

"항상 말했지만, 너희 여자들은 말을 듣지 않아." 라고 말했다.

아버지는 그레테의 짧은 메시지를 오해하여 그레고르가 어떤 폭력적인 범죄를 저질렀다고 생각한 것이 분명했다. 그레고르는 아버지에게 설명할 시간도 기회도 없었기 때문에 지금 당장 아버지를 달래야 했다. 그래서 그는 방문으로 도망가 문에 몸을 밀착시키고, 아버지가 들어오자마자 방으로 돌아갈 의사가 있다는 것을 보여주었다. 문만 열면 금방 사라질 것이라는 것을 알 수 있도록 하려는 것이었다. 하지만 아버지는 그런

세밀한 부분까지 알아차릴 상태가 아니었다.

"이런.... 아!"

그가 방에 들어서면서 동시에 화를 내면서도 웃는 것 같은 목소리로 외쳤다. 그레고르는 문에서 머리를 빼고 아버지를 올려다보았다. 그는 아버지가 지금처럼 서 있는 모습을 상상하지 못했다. 분명히 변화를 예상했어야 했지만, 그레고르는 최근 새롭게 기어다니는 생활에 익숙해져서 예전처럼 다른 집안일에 별로 신경 쓰지 않았었다.

그가 정말 아버지였나? 예전에 그레고르가 출장을 떠날 때 지친 몸을 이끌고 침대에 누워 있던 그와 같은 사람인가? 예전에 아버지는 그레고르가 돌아오는 저녁에는 목욕 가운을 입고 안락한 의자에서 그를 맞이했으며, 일어나기 힘들어 반가움의 표시로 팔을 들어올리기만 했다. 그리고 일 년에 몇 번 있는 일요일과 큰 명절에 그레고르와 어머니 사이에 서서 걸었는데, 이미 천천히 걷는 그들보다 더 느렸으며 항상 조심스럽게 지팡이를 짚고 자신의 오래된 코트를 걸친 채 걸었으며, 무언가 말하고 싶을 때는 거의 항상 멈춰 서서 동반자들을 둘러싸곤 했었다.

지금 그는 똑바로 서 있었고 은행 직원들이 입는 것처럼 단단한 파란 유니폼에 금 단추가 달린 옷을 입고 있었다. 높고 굳은 옷깃위로 튼튼한 이중 턱이 솟아 있었고, 덥수룩한 눈썹 아래에서 검은 눈의 시선이 또렷하고 보였다. 평소에 헝클어진 흰머리도 깔끔하게 빗어서 반짝거렸다. 그는 금 모노그램이 붙은 모자를 던져 소파 위에 올려놓고, 긴 유니폼 자락을 젖히고 손을 주머니에 넣은 채, 결연한 얼굴로 그레고르에게 다가왔다. 아버지는 자신이 무엇을 하려고 하는지 잘 몰랐지만, 발을 유난히 높이 들어 올렸고, 그레고르는 그의 거대한 신발 밑창에 놀랐다.

그레고르는 거기에 머물지 않았다. 그는 새로

운 삶의 첫날부터 아버지가 최대한의 엄격함을 요구한다는 것을 알고 있었기 때문이다. 그래서 아버지 앞에서 달렸다가, 아버지가 멈추면 멈추고, 아버지가 움직이기만 하면 다시 앞으로 나아갔다. 그들은 방 안을 몇 바퀴 돌았지만, 아무런 결정적인 일도 일어나지 않았고 그의 느린 속도 때문에 추격전처럼 보이지도 않았다. 그레고르는 결국 바닥에 머물렀다. 그는 아버지가 벽이나 천장으로 도망가는 것을 특별한 악의로 여길까 두려웠다.

그레고르는 이러한 달리기를 오래 지속할 수 없다는 것을 알았다. 아버지가 한 걸음을 내디딜 동안 그의 다리들은 수많은 움직임을 해야 했고, 그는 이미 호흡 곤란을 느끼기 시작했다. 원래 그의 폐는 튼튼하지 않았다. 그가 힘을 내어 달리기를 계속하려고 애쓰면서 겨우 눈을 뜨고 있을 때, 그는 다른 해결책을 떠올리지 못했고, 벽에서 자유롭게 움직일 수 있다는 사실마저 잊어버렸다.

그 순간 바로 옆에서 무언가가 날아와 살짝 팅기며 그 앞을 굴렀다. 그것은 사과였다. 곧 두 번째 사과가 날아왔고 그레고르는 놀라서 멈춰 섰다. 달리는 것이 무의미했다. 아버지는 그를 공격하기로 결심한 것 같았는데 과일 접시에서 주머니를 사과로 채웠고, 일단 정확히 겨냥하지 않고 사과를 하나씩 던졌다. 그 작고 붉은 사과들은 전기에 통한 것처럼 바닥을 구르며 서로 부딪혔다. 약하게 던진 사과 하나가 그레고르의 등을 스쳐 지나갔지만 다치지는 않았다. 하지만 바로 뒤이어 날아온 다른 사과는 그레고르의 등에 깊숙이 박혔다.

그레고르는 놀라운 고통과 함께 마치 못에 박힌 것처럼 움직일 수 없었고 장소를 옮기면 고통이 사라질 수 있다고 생각하며 계속 기어가려고 했지만 이미 모든 감각이 혼란스러워진 상태로 굳어버렸다. 그는 마지막으로 방문이 활짝 열리는 것을 보았고, 비명을 지르는 동생 앞으로 어

머니가 달려 나왔다. 동생은 어머니가 쓰러지더라도 숨 쉴 수 있도록 옷을 느슨하게 풀어놓았다. 어머니가 넘어지면서 옷자락이 하나씩 떨어졌고, 그녀는 아버지에게 달려가 껴안고, 그의 머리에 손을 얹으며 그레고르의 생명을 구해달라고 애원했다. 그러나 그레고르의 시력은 이미 사라져가고 있었다.

# PART

# III

———————————

만약 그가 그레고르라면
그는 오래전에 사람들과 같이 살 수 없다는 걸
깨달았을 거고 스스로 떠났을 거예요.


그러면 우리는 가족 중
일부가 없어지겠지만, 살아갈 수 있을 거고
그레고르의 추억을 존중해줄 수 있을 거예요.

———————————

# III

그레고르의 심각한 상처는 아무도 치료하려고 하지 않았고, 사과는 고스란히 등에 박혀 누구나 볼 수 있었다. 그로 인해 한 달 이상 고통스러워했는데 심지어 아버지조차 그의 모습이 슬프고 혐오스러웠지만 그레고르는 거부할 수 없는 가족 구성원임을 상기시켰다. 오히려 가족이었기 때문에 혐오감을 억누르고 참아야만 했다. 그들은 그저 참는 것 외에는 아무것도 하지 않았다.

상처로 인해 그레고르는 이동 능력을 대부분 잃은 것 같았고, 방을 가로질러 가는 데에도 마치 힘없고 늙은 환자처럼 긴 시간이 필요했다. 높은 곳에서 기어다니는 것은 생각도 할 수 없었다. 저녁 무렵이 되면 항상 거실 문이 열렸고, 그는 이미 한 두 시간 전부터 그 문을 예리하게 관찰하곤 했다. 그래서 그는 상태가 악화된 것에 대해 충분히 만족할 만한 보상을 받았다고 생각했다. 그레고르는 어둠 속에서 그의 방에 누워있는 채로 거실에서 볼 수 없는 가족 식탁을 보기도 하고 그들의 대화를 들을 수도 있었다. 모두의 허락을 받은 것처럼 나만의 방식으로 그리고 이전과도 완전히 다르게 말이다.

물론, 이전의 활발한 대화들은 더 이상 없었다. 그레고르가 작은 호텔 방의 축축한 침대에 지친 채로 들어갈 때마다 그리워하던 그 대화들 말이다. 그들은 요즘 대부분 매우 조용했다. 아버지는 저녁 식사 후 곧 의자에서 잠이 들었고, 어머니와 여동생은 조용히 하라고 서로를 타이르곤 했다. 어머니는 불빛 아래 몸을 기대고 옷 가게를 위해 고운 속옷을 꿰맸고. 취직한 여동생은 나중에 더 나은 직업을 얻기 위해 저녁에 속기와 프랑스어를 배웠다.

가끔 아버지가 깨어나서 말했다.

"오늘은 바느질을 얼마나 했지?"

그는 곧 다시 잠이 들었고 어머니와 여동생은 서로에게 지친 미소를 지었다.

아버지는 집에서도 근무복을 입는 것을 고집했고, 목욕 가운은 옷걸이에 쓸모없이 걸려 있었으며, 아버지는 늘 그의 자리에서 완전히 차려입은 채로 잠들어 있었다. 그 모습은 마치 언제든지 일할 준비가 되어 있는 것처럼 보였고 집에서도 상급자의 명령을 기다리고 있는 것처럼 보였다. 처음부터 새것이 아니었던 유니폼은 어머니와 여동생의 세심한 관리에도 불구하고 낡고 헤지게 되었다. 그레고르는 종종 금 단추가 반짝이는 그 오래되고 얼룩진 옷을 입고 편안한 듯 불편하게 잠든 노인을 온종일 바라보곤 했다.

시계가 열 시를 가리키자, 어머니는 부드러운 말로 아버지를 깨우려 했고, 그를 설득하여 잠자리에 들게 했다. 왜냐하면 여기서는 제대로 된 잠을 잘 수 없었고, 아버지는 아침 여섯 시에 일을 시작해야 했기 때문에 충분한 휴식이 필요했다. 하지만 아버지는 일을 하게 된 이후 생긴 고집으로 인해 테이블에서 더 오래 앉아 있겠다고 고집을 피우곤 했다. 비록 규칙적으로 잠들었지만, 그를 의자에서 침대로 옮기는 일은 훨씬 더 힘들었다. 어머니와 여동생이 아무리 부드럽게 재촉해도 아버지는 천천히 고개를 젓고 눈을 감은 채 일어나지 않았다.

어머니는 아버지의 팔을 잡아당기고 귀에 달콤한 말을 속삭였고, 여동생은 어머니를 돕기 위해 자기 일을 멈췄지만, 아버지는 반응하지 않았고 그는 의자에 더 깊숙이 앉아 있었다. 여자들이 아버지의 겨드랑이를 잡고 겨우 일으켜야만 아버지는 눈을 떴고, 어머니와 여동생을 번갈아 보며 이렇게 말했다.

"이런게 인생이야, 그리고 이건 나만의 휴식이

고..."

아버지는 두 여자의 도움을 받아 서서히 일어섰고, 문에 다다랐을 때 그들에게 손을 흔들어 보내고 혼자서 계속 걸었다. 어머니와 여동생은 곧바로 아버지를 따라 달려가 더 도와주었다.

이렇게 고된 하루를 보내고 지친 가족들에게 그레고르를 돌볼 시간이 과연 있었을까? 집안일도 점점 축소되었다. 하녀는 결국 해고되었고, 흰 머리카락이 휘날리는 큰 체구의 여성이 아침과 저녁에 와서 청소같이 힘든 일을 했다. 나머지는 모두 아픈 어머니가 많은 바느질 일과 함께 처리했다. 심지어 가족들이 기념일이나 사교 모임에서 기뻐하며 착용했던 여러 장신구들마저 팔게 되었다. 가족들의 가장 큰 불만은 현재 상황에는 너무 컸던 이 아파트를 떠날 수 없다는 것이었는데 그레고르를 어떻게 이동시킬 수 있을지 상상할 수 없었기 때문이었다. 하지만 그레고르는 그것이 오직 그를 배려한 것만은 아니었다는 것을 깨달았다.

 사실 마음만 먹으면 그를 적절한 상자에 몇 개의 공기구멍과 함께 쉽게 옮길 수 있었을 것이다. 가족들이 이사를 가지 않은 진짜 이유는 그들이 겪고 있는 절망적인 상황을 인정하고 싶지 않았기 때문이었다. 그들은 가난한 사람들에게 세상이 요구하는 것들을 제공했는데 아버지는 작은 은행 직원에게 아침 식사를 가져다주었고, 어머니는 다른 사람들의 빨래를 했으며, 여동생은 고객들의 요구에 따라 판매대를 오가며 일했다. 하지만 가족들의 능력은 여기까지였다. 그레고르는 어머니와 여동생이 아버지를 재운 후 돌아와 일을 멈추고 가까이 모여 앉았을 때, 특히 어머니가 그레고르의 방을 가리키며 말했다.

 "거기 문을 닫아, 그레테."

 이 말을 들을 때마다 그레고르는 등의 상처가 아파왔다. 그는 다시 어둠 속에 있게 되었고, 옆방에서는 여자들이 눈물을 섞어 가며 테이블을 멍하니 바라보거나 무표정하게 탁자를 응시하곤 했다. 그레고르는 거의 잠을 자지 않고 밤낮을 보냈다. 때때로 문이 다음에 열릴 때 가족의 일을 예전처럼 다시 맡아야겠다고 생각했다.

오랜만에 그의 상상 속에는 사장과 책임자, 사무원들과 수습생, 이해력이 뛰어난 하인, 다른 회사의 두세 명의 친구들, 지방의 한 호텔에서 일하는 하녀(그녀는 사랑스러운 추억이었다), 진지하지만 너무 느리게 청혼했던 모자 가게의 캐셔까지 이 모든 사람들이 낯선 사람이나 이미 잊혀졌던 사람들과 섞여 나타났지만 그와 그의 가족들을 도와주기는커녕 접근조차 할 수 없었고, 상상 속의 그들이 사라질 때 안심했다.

때때로 그는 가족을 신경 쓰고 싶지 않았고, 자신에 대한 부실한 관리에 분노가 치밀었다. 그는 배고프지 않더라도 당연히 그에게 돌아가야 할 것을 찾아 식료품 저장실에 들어가는 계획을 세웠다. 그레테는 이제 그레고르가 특별히 좋아할 만한 것을 고려하지 않고, 아침과 점심에 회사에 가기 전에 발로 방에 아무 음식이나 서둘러 밀어 넣었고, 저녁에는 그 음식을 조금이라도 먹었든 대부분 완전히 그대로 남아 있든 상관없이 빗자루로 쓸어버렸다. 이제 그녀는 저녁에만 방 청소를 맡았는데 청소는 더 이상 빠르게 처리될 수 없었다.

벽을 따라 더러운 자국이 있었고, 때때로 먼지와 쓰레기 덩어리도 있었다. 초기에 그레고르는 그레테가 도착했을 때 특별히 눈에 띄는 모퉁이에 자리를 잡고 그녀에게 마치 비난하는 듯한 자세를 취했는데 거기에서 몇 주를 보내도 그레테는 나아질 기미조차 보이지 않았다. 그녀도 그와 마찬가지로 먼지를 정확히 보았지만 그냥 두기로 결심했기 때문이었다. 그러면서도 그녀만이 그레고르의 방을 청소할 수 있도록 예민하게 관리했다.

어느 날 어머니가 그레고르의 방을 대대적으로 청소했는데, 여러 양동이의 물을 사용해야만 했고 많은 습기는 그레고르를 괴롭혔다. 그는 화가 나서 소파에 넓게 움직이지 않은 상태로 누워있었다. 어머니는 곧 그 대가를 치르게 되었는데 저녁에 그레테가 그레고르의 방의 변화를 알아채자, 그녀는 심한 모욕을 당했다고 느끼며 거실로 달려갔고, 어머니의 간청하는 손짓에도 불구하고 울음을 터뜨렸다.

부모님은 처음에는 놀라고 무력하게 지켜보다가 움직이기 시작했는데, 아버지는 어머니에게 그레고르의 방 청소를 그레테에게 맡기지 않은 것을 비난했고, 다른 한편으로는 그레테에게 다시는 그레고르의 방을 청소하지 못하게 할 것이라고 윽박질렀다. 어머니는 흥분한 아버지를 침실로 끌고 가려 했고, 그레테는 흐느끼며 손으로 테이블을 탁탁 내리쳤다. 그레고르는 누구도 그에게 이 모습과 소음을 피하게 해줄 수 있는 문을 달아줄 생각을 하지 않는다는 사실에 대해 분노하며 쉭쉭 소리를 냈다.

여동생이 지쳐서 그레고르를 돌보는 일을 그만두더라도 어머니가 대신할 필요는 없었고, 그레고르가 방치될 필요도 없었다. 왜냐하면 이제 청소부가 있었기 때문이었다. 이 나이 많은 과부는 긴 삶 속에서 가장 힘든 일들도 견딜 수 있을 만큼 튼튼한 신체를 가지고 있었고, 실제로 그레고르에게 혐오감도 느끼지도 않았다. 우연히 그레고르의 방문을 한 번 열었을 때, 그레고르가 완전히 놀라서 아무도 쫓아오지 않았음에도 불구하고 왔다 갔다 기어다니기 시작했고, 그녀는 놀란 채로 손을 무릎에 얹고 서 있었다.

그 후로 그녀는 아침과 저녁마다 문을 조금 열고 그레고르를 잠깐씩 확인했다. 처음에는 그를 이렇게 부르기도 했다.

"여기로 와봐, 늙은 풍뎅이야!" 또는 "저 늙은 풍

뎅이 좀 봐!"와 같은 말이었다.

이런 말에 그레고르는 아무 반응도 하지 않았고, 문이 열리지 않은 것처럼 그 자리에 가만히 있었다. 가족들이 청소부가 그레고르를 불필요하게 방해하지 않도록 하기보다 그의 방을 매일 청소하라는 명령을 내렸더라면 좋았을 텐데... 어느 날, 다가오는 봄을 알리는 세찬 비가 창문을 두드리고 있을 때, 그녀는 다시 그런 식으로 그에게 말하기 시작했다. 그레고르는 느리고 허약했지만 화가 나서 공격할 듯이 그녀를 향해 돌아섰다. 그러나 청소부는 두려워하기는커녕 문가까이에 있던 의자를 들어 올려 크게 입을 벌리고 서 있었고, 그녀가 의자를 들고 그레고르의 등을 내리칠 때까지 입을 닫지 않을 것임이 분명했다.

"그게 다야?"

그레고르가 다시 돌아서자 의자를 조용히 구석

에 다시 내려놓았다.

이제 그레고르는 거의 아무것도 먹지 않았다. 우연히 준비된 음식을 지나칠 때, 그는 재미 삼아 입에 한입 베어 물곤 했지만 다시 뱉어냈고 몇 시간 동안 그대로 방치했다. 처음에는 자신의 방이 변한 것에 대한 슬픔이 먹는 것을 방해한다고 생각했지만, 그는 곧 방의 변화에 금방 익숙해졌다. 그 방에는 다른 곳에 둘 수 없는 물건들이 쌓이기 시작했고, 이제 많은 물건들이 생겼다. 왜냐하면 가족들은 아파트의 한 방을 세 명의 세입자에게 임대했기 때문이었다.

그레고르가 문틈으로 슬쩍 본 수염이 풍성하고 진지한 세입자들은 정리를 중시했고, 특히 주방에서 더더욱 그랬다. 쓸모없거나 더러운 잡동사니는 견딜 수 없었고, 그들은 대부분 자신의 가구를 직접 가져왔기 때문에 주방에 있던 많은 물건들이 필요 없게 되었다. 이것들은 팔 수도 없었지만 버리고 싶지도 않았다. 그래서 이 많은 것들이 그레고르의 방으로 옮겨졌다. 또한 주방의 재떨이와 쓰레기통도 그곳에 두었다. 순간적으로 쓸모없게 된 것들은 항상 바쁜 청소부가 그레고르의 방으로 그냥 던져놓았다.

그레고르는 다행히 대부분 물건과 그것을 든 손만 볼 수 있었는데 청소부는 아마도 나중에 이 물건들을 회수하거나 한꺼번에 모두 버릴 기회를 찾고 있었을 것으로 생각했다. 하지만 실제로는 처음 던져진 곳에 그대로 머물렀고, 그레고르가 잡동사니를 통해 기어다니며 움직이지 않았다면 그대로 남아 있었을 것이었다. 처음에는 다른 곳에서 기어다닐 곳이 없어서 어쩔 수 없이 그랬지만 나중에는 점점 즐거워하며 기어다녔다. 그렇게 움직인 후에는 죽을 듯이 지쳐서 슬픈 채로 몇 시간 동안 꼼짝하지 않고 누워 있었다.

세입자들은 때때로 저녁을 집안의 공용 거실에서 먹곤 했다. 어느 날 저녁에는 거실 문이 닫혀 있기도 했지만, 그레고르는 문을 열지 않는 데 전혀 불편함을 느끼지 않았다. 문이 열려 있어도 그는 이미 이용하지 않고 가족들이 알아채지 못하는 사이에 방에서 가장 어두운 구석에 있었다. 하지만 어느 날 청소부가 거실 문을 조금 열어두었는데, 방 세입자들이 저녁에 들어와 불을 켰을 때도 그대로 열려 있었다. 그들은 예전에 아버지, 어머니, 그리고 그레고르가 식사했던 테이블 윗부분에 앉아, 냅킨을 펼치고 식기를 들었다. 곧 어머니가 고기가 담긴 접시를 들고 문에 나타났고 어머니 바로 뒤에는 감자가 담긴 접시를 든 여동생이 따랐다. 음식에서는 모락모락 김이 피어올랐고 세입자들은 접시 앞으로 몸을 숙이며 마치 음식을 검사하듯이 음식을 내려다보았다. 실제로 가운데 앉은 사람이 접시 위에서 고기 한 조각을 잘라내어 부드러운지 다시 주방으로 돌려보내야 할지를 결정하기 위해 확인했는데, 그는 만족한 듯싶었고 긴장한 채 지켜보던 어머니와 여동생은 안도의 미소를 지었다.

가족들은 주방에서 식사했다. 아버지는 주방으로 가기 전에 이 방에 들어와 테이블 주위를 한 바퀴 돌며 손에 모자를 든 채로 공손하게 인사했다. 세입자들도 모두 일어나서 중얼거리며 수염을 만졌다. 그들은 혼자 있을 때면 거의 침묵 속에서 식사를 했다. 그레고르에게는 이상하게도 식사하면서 내는 다양한 소리 중에서도 유독 그들이 씹는 소리가 계속 들려왔고, 그것은 마치 그레고르에게 음식을 먹기 위해선 이빨을 필요로 하며, 아무리 멋지더라도 이빨이 없는 턱으로는 아무것도 할 수 없다는 것을 보여주는 것 같았다.

'나도 식욕이 있어', '하지만 이런 것들은 아니야. 이 방 세입자들이 먹는 걸 보면 나는 죽을 지경이야.'

그레고르가 걱정하며 생각했다.

그레고르는 한동안 바이올린 소리를 들은 기억이 없었는데 그날 저녁 부엌에서 바이올린 소리가 들렸다. 주방에서 소리가 나기 시작했는데 세입자들은 이미 식사를 마쳤고, 가운데 앉은 사람이 신문을 꺼내 각자에게 한 장씩 주었으며, 그들은 의자에 기대고 앉아서 담배를 피우며 읽기 시작했다. 여동생의 바이올린 연주가 시작되자 그들은 관심을 기울였고 일어나 조용히 현관문으로 걸어가 모여 섰다.

"선생님들, 혹시 연주가 불편하신가요? 바로 멈출 수도 있습니다."

세입자들이 들을 수 있도록 아버지가 말했다.

"오히려 그 반대입니다."

가운데 앉은 사람이 말했다.

"아가씨가 여기 오셔서 이 방에서 연주하시는 건 어떠세요? 여기가 훨씬 편안하고 아늑하잖아요?"

"아 저희도 좋습니다."

아버지는 마치 바이올린 연주자인 것처럼 말했다. 세입자들은 방으로 다시 들어와 기다렸다. 곧 아버지가 악보대를 들고, 어머니는 악보를 들고, 여동생은 바이올린을 들고 왔다. 여동생은 연주를 준비하면서 차분히 기다렸고, 이전에는 방을 빌려주지 않았던 부모님은 세입자에게 지나치게 예의를 갖추려 하다 보니 결국 본인들의 자리에 앉지도 못하게 되었다. 아버지는 문가에 기대어 서서 오른손을 단정히 닫힌 코트의 단추 사이에 꽂고 서 있었고, 어머니는 세입자 중 한 사람이 제공한 의자에 앉았으나 그 사람이 의자를 아무데나 두었기 때문에 구석에서 멀리 떨어져 앉게 되었다.

여동생이 바이올린을 연주하기 시작하자, 아버지와 어머니는 각각 자신의 위치에서 그녀의 손 움직임을 주의 깊게 지켜보았다. 그레고르는 연주에 이끌려 조금 더 앞으로 나아가 거실 안으로 머리를 들이밀었다. 이전에는 자신이 배려심이

얼마나 깊은지에 대해 큰 자부심을 느꼈었지만, 자신이 최근에는 다른 사람들에게 별로 배려하지 않는다는 것에 거의 놀라지도 않았다. 그런데 지금은 더욱 숨어야 할 이유가 있었다. 그의 방 곳곳에 쌓인 먼지 때문에 조금만 움직여도 공중으로 먼지가 날리고, 그는 등과 옆구리에 실, 머리카락, 음식 찌꺼기까지 끌고 다녔다. 모든 것에 대한 무관심이 너무 커지는 바람에 예전처럼 하루에 몇 번씩 등을 바닥에 대고 문지르지도 않았다. 이런 상태에도 불구하고 깨끗한 거실 바닥으로 조금 더 나아가는 것을 주저하지 않았다.

아무도 그를 신경 쓰지 않았다. 가족들은 완전히 바이올린 연주에 몰두해 있었고, 처음에는 손을 호주머니에 넣은 채로 여동생을 방해할 것이 분명했지만 악보대 바로 뒤에 가까이 서서 연주를 듣던 방 세입자들은 곧 낮은 대화를 나누며 고개를 숙인 채 창가로 물러나 그곳에 머무르고 있었다. 아버지는 그들을 걱정되는 눈빛으로 쳐

다보았는데 그들은 아름답고 즐거운 바이올린 연주를 듣기를 기대했던 것 같지만, 실망한 듯 보였고, 예의상 조용히 서 있기만 할 뿐이었다. 특히 그들이 담배 연기를 코와 입에서 뿜어내는 모습은 매우 불쾌했다. 그럼에도 불구하고 여동생은 아름답게 연주했다.

그녀의 얼굴은 악보 쪽으로 기울어져 있었고, 슬프고 사려 깊은 눈빛으로 음표를 따라갔다. 그레고르는 더 앞으로 기어가 바닥에 가까이 얼굴을 대고 그녀의 눈길을 잡으려 했다.

음악에 이렇게 감동받는 그가 과연 동물일까? 그에게는 마치 갈망하던 알 수 없는 음식으로 가는 길이 열리는 것 같았다. 여동생에게 다가가 그녀의 치마를 잡고 바이올린을 들고 자신의 방으로 와달라는 신호를 보내고 싶었다. 방의 어느 누구도 그녀의 연주를 그가 원하는 만큼 감사하지 않았기 때문이었다. 그는 살아 있는 동안 그녀를 방에서 내보내고 싶지 않았다. 이런 상황이라면 그의 끔찍한 외모는 처음으로 유용하게 쓰일 것이었다. 방의 모든 문에서 동시에 서서 침입자들을 위협할 것이고, 여동생은 강요가 아닌 자유 의지로 그와 함께 있을 것이다. 그녀는 그의 옆 소파에 앉아 그에게 귀를 기울일 것이고, 그녀에게 음악학교에 보내고자 했던 확고한 의도와, 불행에 빠지지 않았다면 지난 크리스마스에 모든 이의 반대를 무릅쓰고 그 사실을 공포할 계획이었다는 것을 말해줄 것이다. 그러면 여동생은 감동의 눈물을 흘리며 울게 될 것이고, 그레고르는 그녀의 목을 끌어안고 키스할 것이다. 그녀가 직장에 다니면서부터 자유롭게 드러내고 다녔던 그 목에...

"잠자 씨!"

중간에 위치한 남자가 아버지를 부르며, 망설임 없이 천천히 앞으로 나아가는 그레고르를 가리켰다. 바이올린 소리가 멈췄고, 중간에 위치한 방 세입자는 먼저 친구들을 향해 고개를 저으며

웃었고 다시 그레고르를 바라보았다. 아버지는
그레고르를 쫓아내는 것보다 세입자들을 먼저
안심시키는 것이 더 필요하다고 생각했다. 비록
그들이 전혀 동요하지 않았고 그레고르가 바이
올린 연주보다 그들을 더 즐겁게 했음에도 불구
하고 아버지는 그들에게 다가가 팔을 벌려 그들
을 방으로 밀어 넣으려고 했고, 동시에 자신의 몸
으로 그레고르에 대한 시야를 차단했다.

그들은 조금 화가 난 것처럼 보였고, 아버지의
행동 때문인지 아니면 그들이 모르게 그레고르
와 같은 방 세입자를 가졌던 사실을 깨닫고 난 뒤
인지는 불분명했다. 그들은 아버지에게 설명을
요구했고, 팔을 들고 불안하게 수염을 만지작거
리며 자기들의 방 쪽으로 천천히 물러났다. 한편
여동생은 갑작스럽게 중단된 연주로 인해 혼란
스러워했는데 잠깐 느슨하게 흔들리던 손에서
바이올린과 활을 들고 있던 것을 내려놓고 정신
을 차리며 어머니의 무릎 위에 악기를 올려놓았

다. 어머니는 아직도 숨을 헐떡이며 힘겹게 숨을 쉬고 있었다. 그녀는 곧이어 방으로 달려갔고, 아버지의 밀어붙임에 방 세입자들도 더 빠르게 방에 다다랐다. 여동생은 숙련된 손놀림으로 침대 이불과 베개를 던져 정리했고, 남자들이 방에 도달하기도 전에 침대 정리를 마치고 방에서 빠져나왔다. 아버지는 다시금 자신의 고집에 사로잡혀, 세입자들에게 마땅히 보여야 할 존중을 잊고 그저 밀어붙이기에 급급했다. 마침내 방의 문에서 중간의 남자가 발을 쿵쿵 굴러 아버지를 멈추게 했다.

"이 자리에서 선언합니다."

그는 어머니와 여동생을 찾아 두리번 거리며, 손을 들고 바닥에 침을 뱉으며 말을 이어갔다.

"이 집과 이 가족에서 벌어지는 혐오스러운 상황을 고려해 봤을 때 제 계약을 즉시 해지하겠습니다. 지금까지 머문 날에 대해선 한 푼도 지불하지 않을 것입니다. 우리는 당신에게 손해 배상을 청구할지 여부를 결정할 것입니다. 그리고 그 근거를 제시하는 것은 매우 쉬울 것으로 생각합니다"

그리고 그의 두 친구도 말했다.

"우리도 즉시 해지합니다"

그러고는 문손잡이를 잡고 문을 쾅 닫았다.

아버지는 비틀대며 의자에 앉으려 했고 더듬더듬 의자에 앉았다. 평소 저녁때처럼 낮잠을 자려는 듯했지만, 무기력하게 움직이는 그의 머리는 그가 전혀 잠들지 않았다는 것을 보여주었다. 그동안 그레고르는 방 세입자들이 그를 발견한 곳에 가만히 누워 있었다. 계획이 실패로 돌아간 것에 대한 실망감, 아마도 굶주림으로 인한 피곤함 때문에 움직일 수 없었다. 언제든지 모두가 자신에게 돌아설 것이라는 두려움에 휩싸인 상태로 기다리고 있었으며 어머니가 떨어뜨린 바이올린에도 놀라지 않았다. 바이올린은 어머니의 떨리는 손가락에서 미끄러져 그녀의 품에서 떨어지며 큰 소리를 내었다.

"사랑하는 엄마, 아빠."

여동생이 말을 시작하며 테이블을 한 번 치며 말했다.

"이렇게 계속 지낼수는 없어요. 당신들이 이해하지 못하시더라도 저는 이해하고 있어요. 저는 이 괴물 앞에서 내 가족의 이름을 부르고 싶지 않아요, 제가 할 수 있는 말은 오직 하나예요. 우리는 이걸 없애야 해요. 우리는 인간적으로 가능한 모든 방법을 동원해 이를 돌보고 참아왔어요. 아무도 우리를 비난할 수 없을 거예요."

'천 번을 얘기해도 옳은 말이야.'

아버지가 혼잣말로 말했다. 여전히 숨을 제대로 쉬지 못하는 어머니는 손으로 입을 가리고 눈에는 미쳐버릴 것 같다는 표정을 지으며 희미하게 기침했다. 여동생은 어머니에게 다가가 이마를 감싸고 있었다. 아버지는 여동생의 말에 더 확실한 생각으로 이끌렸는지, 몸을 세우고, 세입자들이 먹고 간 저녁 식사의 접시들 사이에 있는 종업원 모자를 만지작거리며 조용하게 있는 그레고르를 바라보았다.

"우리는 그것을 없앨 필요가 있어요."

여동생이 이번에는 아버지에게만 말했는데, 어머니는 기침 소리에 아무것도 듣지 못했다.

"그것이 결국 우리 둘을 죽일 거라고 저는 봅니다. 우리 모두 이미 너무 힘들게 일하고 있는데, 집에서 이런 고통을 계속 견디는 것은 불가능해요. 저도 더 이상 못 견디겠어요."

그녀는 서럽게 눈물을 흘리기 시작했고, 그녀의 눈물이 어머니의 얼굴에 흘러내렸다. 어머니는 기계적인 손동작으로 눈물을 닦아내었다.

"얘야."

아버지가 연민 어린 눈빛으로 말하며 눈에 띄게 이해한 듯이 말했다.

"하지만 우리가 무엇을 할 수 있겠니?"

여동생은 무기력하게 어깨를 들썩거리며 울음을 터뜨리고 고개를 저었다.

"만약 그가 우리를 이해할 수 있다면."

아버지가 반쯤 물으며 말했다. 여동생은 울면서 격렬하게 손을 흔들어 그럴 가능성은 없다고 딱 잘라 말했다.

"만약 그가 우리를 이해한다면."

아버지가 반복해서 말하며 여동생이 불가능하다고 확신하는 것을 눈감고 받아들였다.

"그러면 아마도 그와 어떤 합의를 볼 수 있을 텐데. 하지만 이 상태로는-"

"그것은 여기를 나가야 해요." 여동생이 외쳤다.

"그게 유일한 방법이에요, 아버지. 우리는 그것이 그레고르라는 생각을 버려야 해요. 그렇게 믿었던 게 우리의 진짜 불행이에요. 그게 어떻게 그레고르일 수 있죠? 만약 그가 그레고르라면 오래전에 사람들과 같이 살 수 없다는 걸 깨달았을 거고, 스스로 떠났을 거예요. 그러면 우리는 가족 중 일부가 없어지겠지만, 살아갈 수 있을 거고 그레고르의 추억을 존중해줄 수 있을 거예요. 하지만 이 괴물은 우리를 괴롭히고, 세입자들을 쫓아내고, 아파트 전체를 차지하려 하며, 우리를 길거리에서 재우려고 해요. 봐요, 아버지"

그녀가 갑자기 소리쳤다.

"그가 또 시작하네요!"

여동생은 공포에 휩싸여 심지어 어머니를 희생시킬 것처럼 의자에서 밀쳐내고 아버지 뒤로 급히 달려갔다. 아버지는 그녀의 행동에 자극을 받은 듯 일어나 손을 들며 그녀를 보호하려 했다.

그레고르는 누구를 놀라게 할 의도가 전혀 없었다. 특히나 여동생을 놀라게 할 생각은 더더욱 없었고 그가 한 일은 그저 다시 돌아가기 위해 몸을 돌리기 시작한 것뿐이었는데, 고통스러운 상태에서 몸을 돌리는 것은 많은 힘이 필요했고, 그는 수월하게 돌기 위해 머리를 사용하여 여러 번 들어 올리며 바닥에 부딪혔다. 그리고 그는 멈추어 서서 둘러보았다. 그들은 그의 좋은 의도를 깨달은 것처럼 보였고 잠깐 놀란 것 같았다. 이제 그들은 모두 침묵과 슬픔 속에서 그를 바라보았다. 그의 어머니는 피로에 지쳐 눈을 거의 감은 채 의자에 누워 다리를 뻗고 서로 주무르고 있었고 그의 여동생은 아버지의 목을 두르고 그 옆에 앉아 있었다.

'이제 돌아갈 수 있을 것 같아.' 그레고르는 생각하며 다시 움직이기 시작했다.

그는 숨소리를 감출 수 없었고 가끔 쉬어야만 했다. 아무도 그를 재촉하지 않았다. 모든 것이 그에게 달려 있었다. 돌아서기를 마친 후, 그는 곧바로 기어가기 시작했다. 그는 자신이 얼마나 멀리 방에서 떨어져 있는지 놀라움을 금치 못했고, 허약해진 상태에서 느끼지도 못한 채 어떻게 그렇게 멀리 왔는지 이해할 수도 없었다. 빠르게 기어가려고 계속 노력하면서, 가족의 말이나 외침에 방해받지 않는다는 것을 거의 인식하지 못했다. 문에 거의 다다랐을 때, 그는 고개를 돌렸지만, 완전히는 아니었다. 그는 목이 뻣뻣해지는 것을 느꼈다. 그러나 그는 뒤에 아무것도 변한 것이 없을 확인했고 여동생만 일어났다. 그의 마지막 눈길은 이제 완전히 잠든 어머니에게 향했다. 방 안으로 들어가자마자 문은 서둘러 닫혔고, 단단히 잠겼다. 갑작스러운 소음에 그레고르는 그만 놀라서 다리가 풀렸다. 그것은 여동생이었다. 그녀는 이미 서 있었고, 빠르게 앞으로 돌진했다. 그레고르는 그녀가 오는 소리를 듣지 못했다.

"드디어!" 라고 그녀는 외치며 열쇠를 돌렸다.

'이제 어쩌지?'

그레고르는 어둠 속에서 자신을 돌아보며 생각했다. 곧 그는 자신이 더 이상 움직일 수 없다는 것을 깨달았는데 그는 놀라지 않았고 오히려 이제까지 그런 가느다란 다리로 움직일 수 있었다는 게 더 이상하게 느껴졌다. 그는 비교적 편안함을 느꼈다. 온몸이 아파왔지만, 그 통증은 점차 약해지고 있었고, 결국은 완전히 사라질 것만 같았다. 등에 박힌 썩은 사과와 그 주변의 염증이 가득한 부위는 거의 느껴지지 않았다. 그는 가족을 애정과 사랑으로 떠올렸다. 그가 사라져야 한다는 생각은 아마도 여동생보다 더 확고했다. 그는 이런 공허하고 평화로운 사색 속에 있었고, 탑시계가 새벽 세 시를 알릴 때까지 그 상태가 지속되었다. 창밖이 점차 밝아오는 것을 그는 겨우 목격했다. 그리고는 뜻하지 않게 머리가 완전히 숙여졌고, 그의 코에서는 약한 숨결이 마지막으로 흘러나왔다.

　청소부가 아침 일찍 왔을 때 그녀는 도착한 순간부터 아파트 전체가 평화롭게 잠을 잘 수 없을 정도로 모든 문을 쾅 닫았다. 그녀는 평소처럼 그레고르의 방을 방문했을 때 특별한 것을 발견하지 못했다. 그녀는 그가 일부러 꼼짝도 하지 않고 누워서 기분 나빠하는 척하고 있다고 생각했고 청소부는 가급적 많은 것을 이해하려고 했다. 우연히 그녀는 손에 들고 있던 긴 빗자루로 그를 간지럽히려고 했는데 그것이 효과가 없자 화가 나서 그레고르를 살짝 찔렀고, 그가 아무런 저항 없이 자리에서 밀려나자 주의 깊게 살펴보았다. 그녀가 진상을 파악했을 때, 그녀는 놀란 눈을 크게 뜨고 혼잣말로 휘파람을 불면서 침실 문을 활짝 열고 소리쳤다.

　"봐요, 죽었어요. 완전히 죽었어요!"

　잠자 부부는 충격을 가라앉히기 위해 침대에

바로 앉아 있었다. 그들은 청소부의 말을 받아들이기 전까지 충격에서 벗어나야만 했다. 이후 잠자 씨와 그의 부인은 각자의 침대 쪽에서 급히 일어났다. 잠자 씨는 어깨에 담요를 걸쳤고, 부인은 잠옷 차림 그대로였다. 그들은 그레고르의 방으로 들어갔다. 그 사이 그레테가 머물던 거실의 문도 열렸는데, 그녀는 마치 잠을 전혀 자지 않은 것처럼 옷을 완벽히 차려입고 있었고, 그녀의 창백한 얼굴도 그 사실을 증명하는 듯했다.

"죽었다고요?"

잠자 부인이 청소부를 바라보며 물었지만, 사실 그녀도 스스로 확인할 수 있었고 굳이 확인하지 않아도 알 수 있었다.

"그럼요."

청소부가 말하면서 증거로 그레고르의 시체를 빗자루로 크게 한 번 밀었다. 잠자 부인은 빗자루를 멈추려는 듯한 몸짓을 했지만 그러지 않았다.

"자, 이제 하나님께 감사를 드릴 수 있겠군요."

잠자 씨가 말하며 십자가로 성호를 그었고, 세 여성도 그의 예를 따랐다. 그레테는 시체에서 눈을 떼지 않으며 말했다.

"봐요, 얼마나 말랐는지. 오랫동안 아무것도 먹지 않았잖아요. 음식이 들어올 때마다 그대로 나갔어요."

실제로 그레고르의 몸은 완전히 납작하고 마른 상태였는데, 다리가 들어 올려지지 않고 더 이상 시선을 끄는 것도 없어서 이제야 그가 죽었다는 사실을 제대로 알 수 있었다.

"그레테, 잠시 들어오렴."

잠자 부인이 애처로운 미소를 지으며 말했고, 그레테는 시체를 돌아보지 않고 부모를 따라 침실로 들어갔다. 청소부는 문을 닫고 창문을 활짝 열었다. 이른 아침임에도 공기는 이미 약간 따뜻했다. 이미 3월 말이었다.

그들의 방에서 나온 세 명의 세입자는 놀란 듯 자신들의 아침 식사를 찾아보았다. 우리는 그들을 잊고 있었다.

"아침 식사는 어디 있나요?"

중간의 세입자가 불쾌하게 청소부에게 물었다. 청소부는 입에 손가락을 대고 잠시 후 그들에게 조용히 그레고르의 방으로 들어오라는 손짓을 했다. 그들도 들어와서 약간 닳은 재킷의 주머니에 손을 넣은 채 이제 밝아진 방 안에서 그레고르의 시체 주변에 모였다. 그때 침실 문이 열리고 잠자 씨가 정장 차림으로, 한 팔엔 부인, 다른 한 팔엔 딸을 데리고 나타났다. 모두 약간 눈물을 흘린 듯했고, 그레테는 때때로 아버지의 팔에 얼굴을 묻고 흐느꼈다.

"지금 당장 내 집에서 나가!"

잠자 씨가 여성들을 떼어놓지 않고 문을 가리키며 말했다.

"어떻게 그런 말씀을 하시는 거죠?"

가운데 있던 세입자가 다소 당황한 듯 상냥하게 웃으며 말했다. 다른 두 사람은 손을 등 뒤로 하고 끊임없이 서로 비벼대며, 마치 큰 싸움을 기대하면서도 자신들에게 유리하게 끝날 것만 같은 기대감을 품고 있었다.

"내 말 그대로야."

잠자 씨가 답하며 두 여성과 함께 세입자 쪽으로 걸어갔다. 그는 잠시 멈춰 서서 머리를 숙였는데, 마치 머릿속에서 새로운 질서가 자리 잡는 것처럼 보였다.

"그럼 우리는 나가겠습니다."

그가 말하며 잠자 씨를 올려다보았고, 갑작스럽게 겸손해진 듯 새로운 결정에 대해 허락을 요구하는 듯 보였다. 잠자 씨는 그에게 몇 번 끄덕여 주었다. 그러자 그 세입자는 정말 긴 걸음으로, 현관으로 향했다. 그의 두 친구는 이미 조용히 귀를 기울이고 있었고, 이제 그를 따라 거의 뛰듯이 따라갔다. 잠자 씨가 그들보다 먼저 현관에 들어서서 그들의 리더와 소통을 방해할까 봐 두려워했기 때문이다. 현관에서 그들 셋은 모자를 옷걸이에서 쓰고, 지팡이를 지팡이 통에서 꺼내고, 무언의 인사를 한 후에 아파트를 떠났다. 잠자 씨는 두 여성과 함께 현관으로 나섰고, 난간에 기대어 그들이 천천히 계속해서 긴 계단을 내려가는 모습을 지켜보았다. 각 층의 특정 구부러진 계단에서 그들이 사라졌다가 몇 초 후에 다시 나타났고, 그들이 계단을 내려갈수록 잠자 가족의 관심은 점점 사라졌다. 결국 근처에서 흥겹게 올라오는 정육점 직원이 등장하자 잠자 씨는 여성들과 함께 난간에서 떨어져 나와 안도의 한숨을 쉬며 자신들의 아파트로 돌아갔다.

그들은 오늘을 쉬면서 산책하기로 했다. 그들은 이 휴식을 취할 자격이 있었고 절실히 필요하기도 했다. 그들은 테이블에 앉아 세 가지 사과문을 썼다. 잠자 씨는 자신의 직장에, 잠자 부인은 그녀의 고객에게, 그레테는 그녀의 원칙에 따라 편지를 썼다. 편지를 쓰는 동안, 청소부가 들어와 아침 일이 끝났으니 떠난다고 말했다. 글을 쓰는 세 사람은 먼저 고개를 끄덕이며, 고개를 들지 않고 계속 글을 썼다. 청소부가 여전히 떠나지 않자 짜증스러운 눈초리로 그녀를 바라보았다.

"왜 그러나요?"

잠자 씨가 물어보았다. 하녀는 문에 서서 마치 가족에게 큰 행운을 알리려고 하지만 깊이 물어보기 전까지는 말하지 않겠다는 듯 웃었다. 그녀의 모자에 달린 거의 수직인 작은 타조 깃털은 잠자 씨가 그녀를 고용하는 동안 계속 짜증을 유발했던 것이었으며, 모든 방향으로 부드럽게 흔들렸다.

"무슨 말을 하고 싶은거죠?"

잠자 부인이 다시 물어보았다. 청소부는 친근하게 웃으며 말을 이었다.

"네, 옆방의 그것들을 치울 걱정은 하지 마세요. 이미 다 처리했습니다."

잠자 부인과 그레테는 편지쓰기를 계속하려는 듯 고개를 숙였고 잠자 씨는 하녀가 자세한 설명을 시작하려 할 때 손을 뻗어 단호하게 그것을 거부했다. 청소부는 자신의 이야기를 할 수 없게 되자 갑자기 자신이 얼마나 서두르고 있었는지 기억했고 명백히 기분이 상한 채로 말했다.

"모두들 안녕히 계세요."

그녀는 문을 세게 닫으며 아파트를 떠났다.

"오늘 저녁에 그녀를 해고할 거야."

잠자 씨가 말했지만, 그의 아내나 딸로부터 대답이 없었다. 청소부가 그들이 간신히 찾은 평화를 다시 방해한 것 같았다. 그들은 일어나 창가로 걸어가 서로를 껴안고 서 있었다. 잠자 씨는 의자에서 그들을 향해 돌아보며 잠시 그들을 조용히 관찰했다. 그러고 나서 말했다.

"여기로 와. 우리 옛날 일들은 모두 잊자, 어때? 와서 나에게도 조금 관심을 가져줘."

두 여성은 그의 말대로 했으며, 그에게 다가가 입 맞추고 안아준 다음 금방 편지 작성을 마쳤다.

그 후 세 사람은 함께 몇 달 만에 처음으로 집을 나섰고 전차를 타고 도시 외곽으로 나갔다. 그들만 탄 전차는 따뜻한 햇살로 가득 차 있었다. 그들은 편안하게 자리에 기대어 앉아 미래에 대한 전망을 이야기했고 자세히 들어보니 전망이 전혀 나쁘지 않다는 것을 알게 되었다. 그들이 서로 진지하게 물어보지는 않았지만 실제로 그들 셋의 직업 모두 꽤 괜찮았고 특히 장래가 매우 유망했다. 현재 상황의 가장 큰 즉각적 개선은 쉽게 이사를 통해 이루어질 수 있었는데 그들은 그레고르가 골랐던 것보다는 더 작고 저렴하지만, 위치가 더 좋고 실용적인 새 아파트를 찾기로 했다. 이야기를 나누면서 잠자 부부는 최근의 고생에도 불구하고 점점 더 아름답고 우아해진 딸을 보며 거의 동시에 그녀가 아름답게 성장했음을 깨달았다. 그들은 거의 무의식적으로, 눈짓으로 소통하며 이제 그녀에게 좋은 남편을 찾아줄 때가 되었다고 생각했다. 그들의 새로운 꿈과 좋은 의도가 확인되는 것 같았고, 여행의 목적지에 도착했을 때 딸이 처음으로 일어나 몸을 쭉 펴는 모습을 보며 더욱 그렇게 느꼈다.

THE END

우리는 가족이었을까?

# 카프카 변신

**초판 1쇄 발행** 2024년 7월 12일
**초판 2쇄 발행** 2024년 8월 30일


**지은이**　프란츠 카프카
**옮긴이**　랭브릿지
**발행인**　박용범
**펴낸곳**　리프레시

**출판등록** 제 2015-000024호 (2015년 11월 19일)
**주소**　　경기 의정부시 서광로 135, 405호
**전화**　　031-876-9574
**팩스**　　031-879-9574
**이메일**　mydtp@naver.com

**편집책임** 박용범
**디자인**　리프레시 디자인 팀
**마케팅**　JH커뮤니케이션

**ISBN**　　979-11-979516-1-9(03850)